ムーミン全集［新版］3

ムーミンパパの思い出

MUMINPAPPANS MEMOARER

トーベ・ヤンソン TOVE JANSSON
小野寺百合子＝訳

講談社

Muminpappans Memoarer

ムーミンパパの思い出

ムーミンパパ

ムーミンみなし子ホームで育ち、
冒険《ぼうけん》家《か》になりたくて、
家出する。

フレドリクソン

天才発明家。
海《うみ》のオーケストラ号《ごう》をつくり、
ムーミンパパと冒険の旅に出る。

ロッドユール

コーヒー缶《かん》の中に住んでいて、
いろいろながらくたを集めるのが好き。
スニフのお父さん。

ヨクサル

いつのまにか海のオーケストラ号に入りこんでいた。
ふだんは寝《ね》てばかりいて、規則《きそく》が大きらい。
スナフキンのお父さん。

ヘムレンさん
ムーミンみなし子ホームの経営《けいえい》したり、
ニブリングを教育したり、規則《きそく》が大好き。
後《のち》に家出したムーミンパパに命をすくわれる。

海のオーケストラ号
天才フレドリクソンが設計《せっけい》、建造《けんぞう》した船。
空を飛び、海にももぐる。

ムーミンママ
嵐《あらし》の海に漂流《ひょうりゅう》していたところを、
ムーミンパパに助けられる。

ニブリング
なんでもかじってしまう動物。
群《む》れで生活するが、一ぴきだけ船に残ってしまい、
旅に参加する。

ミムラのむすめ
ママミムラの長女。
たくさんの弟や妹がいる。

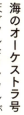

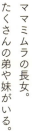

プロローグ

ムーミントロールが、まだうんと小さかったころのことです。

あるときムーミンパパは、夏のいちばん暑いさかりだというのに、外に出かけて、かぜをひいてしまいました。しかしパパは、たまねぎとお砂糖《さとう》入《い》りのあたたかいミルクを飲むのがきらいですし、ベッドに横になるのもいやでした。

パパは庭のブランコに腰《こし》かけて、はなばかりかんでは、たばこがひどくまずいと、こぼしました。そうして、ムーミンママが小さなかごに入れて持ってきたハンカチではなをかんで、芝生《しばふ》いっぱいにちらかしました。

鼻かぜがいっそうひどくなると、パパはベランダへうつってきて、ロッキングチェアにすわり、鼻の上まで毛布《もうふ》をかけました。そこへ、ママがじょうずに作ったラム酒のトディ（ラム酒をもとに作ったあたたかいカクテル）を持ってきました。でも、もう手おくれでした。ラム酒のトディは、たまねぎミルクと同じく、パパの口には合わなかったのです。

絶望《ぜつぼう》して、パパは北側の屋根裏部屋《やねうら》のベッドに横たわりました。今まで病気というものをしたことがなかったので、もう死ぬんじゃないかと、とても心配になりました。

のどのいたみがいちばんひどかったとき、パパはママにたのんで、ムーミントロールとスニフとスナフキンを呼《よ》び、ベッドのまわりにならばせました。そして三人に向かって、いい聞かせたのです。

「おまえたち、本物の冒険家《ぼうけんか》として、生きるのだよ。それをけっしてわすれてはならないよ」

それからパパはスニフに、居間《いま》の鏡台の上にのっている、海泡石《かいほうせき》の電車を持ってくるようにいいつけました。けれども、パパの声があまりにもかれていたので、なにをいっているのか、だれにもわかりませんでした。

みんなはパパをかわいそうに思って、毛布《もうふ》をかけてあげ、なぐさめました。そして、キャンディやアスピリンやおもしろそうな本などを持ってきてあげてから、お日さまの輝《かがや》いている外に出かけました。

パパはそのまま横になっていましたが、眠《ねむ》りつくまでの間、ぷんぷん怒《おこ》っていました。夕方近く目がさめたときには、のどのほうは少しよくなっていたものの、パパはまだ怒っていたのです。

パパがベッドの横に置いてあったベルを鳴らすと、ムーミンママはすぐに階段《かいだん》を上がってきて、パパに気分はどうかとたずねました。

「ひどいもんだよ。まあともかく、これは大切なことなんだが、おまえにもわたしの海泡石《かいほうせき》の電車に関心を持ってもらいたいもんだね」

すると、ママはいぶかしそうに聞きました。

「あの居間《いま》のかざりものですか。いったい、あれがどうかしたんですの」

パパは、ベッドに起き上がっていいました。

「おまえ、なにもわかっちゃいないんだね。あれはわたしの青春時代に、大きな役割《やくわり》を演《えん》じたものなんだぜ」

「ええ、きっと福引であたったとか、なんかそんなものだったんでしょ」

パパは頭をふって、はなをかむと、ため息をつきました。

「やっぱり思ってたとおりだ。わたしが今朝、かぜで死んだとしたら、おまえたちのうちだれひとりとしてあの電車の話を知ってるものがいなくなるわけだ。ほかにも大切なことはたくさんあるのに、これじゃあ似《に》たようなものだろう。わたしの青春時代の話はおまえたちにも話してはあるが、どれもみんなわすれてしまったにちがいない」

「きっと、あれこれこまかいことはそうかもしれませんわ。記憶《きおく》というものは、だんだんとうすれますからね……ところで、夕ごはんは食べますか。夏野菜のミルクスープと、ジュースのやわらかゼリーですが……」

「そりゃ、ごちそうさま」

パパはいいすてて、くるりと壁《かべ》のほうを向くと、ゴホンゴホンとからぜきをしました。

ムーミンママは、しばらくすわってパパを見ていました。

「ねえ、あなた。この間、物置をそうじしていたら、大きなノートを一さつ見かけたのよ。それにあなたの若《わか》いころのことを書いて、本にしたらどうかしら?」

パパはなにもいいませんでしたが、せきは止まりました。ママは、なおもつづけました。

「それには、今がちょうどいいわよ。どうせ、かぜで外に出られないのですもの。人の一生について書くことを、思い出の記というのじゃなかった? それとも、なにかべつな名まえがあったかしら」

「いや、思い出の記だよ」

と、パパはいいました。

「そして、あなたが書けたぶんだけ少しずつ、わたしたちに読んで聞かせてくださったらどう? 昼ごはんのあととか、夕ごはんのあととかに」

「そう早くできるものじゃないよ」

ムーミンパパは、かぶっていた毛布《もうふ》から顔を出しました。

「本なんて、みんなすらすら書いているものと思ったら大まちがいだよ。わたしはな、一つの章ができあがるまでは、ほんのひとことだって朗読《ろうどく》したりはしないからな。しかし、おまえだけには、先に読んでやるよ。ほかのみんなに聞かせるのは、そのあとだ」

「はいはい、お好きなように」

ママはこういって、ノートを取りに、物置へ行きました。

「パパはどう？」

ムーミントロールが聞きました。

「もうだいぶいいわよ。それで、あなたたち、本当に静かにしていてね。パパは今日から、思い出の記を書きはじめるんですから」

序章《じょしょう》

わたし――ムーミンパパ――は今夜、窓《まど》ぎわに腰《こし》かけて、庭のビロードのような暗闇《くらやみ》に、ツチボタルが神《しん》秘的《ぴてき》なもようを刺繍《ししゅう》していくのを、じっとながめています。短くも、幸福な一生……そのはかなくゆらめくもようを、わたしも今、えがこうとしているのです。
　この家族の父であり、またこの家の持ち主であるわたしの一生は、嵐《あらし》つづきでした。そんなわたしの青春時代をふり返ると、かなしみで心がいっぱいになります。その思い出の記を書きつづろうとするペンは、わたしの手の中で、まだためらいにふるえています。
　けれども、わたしはつぎのことばで、自身を勇気づけようとするのです。このすばらしい金言は、ある大人物の自叙伝《じじょでん》の中で見つけたものです。ここに記しておきましょう。
「世の中でなにかよいこと、あるいは、本当によいと思われることをなしとげた人は、みんなだれでも、自分の一生について書きつづらなければならないのです。それはその人たちが、真理を愛し、かつ、善良《ぜんりょう》である場合ですが。しかしながら、こういうすばらしい計画は、四十さいになるまえに、始めてはならないでしょうね」

この思い出の記を書きつづるにあたっては、とかくよいことばかり、というより、わたしがよいと思ったことばかりを書くことになりそうです。ですから、なるべく、正直に、真実を語ることを心がけようと思います。あまりたいくつなことでさえなければね（わたしの年はわすれました）。

そうです。わたしは自分のことを語りたいという気持ちもさることながら、家族に説きふせられたので、全力をそそいでこれを書くつもりです。なぜか。それはムーミン谷中《だにじゅう》で読んでもらえるほど、人をひきつける力があると考えているからなんですよ。

このかざりっ気のない思い出の記が、ムーミン族のみんなに、とりわけわたしのむすこによろこびをもたらし、またよい教訓となるようにいのります。

もともと、ものおぼえはよかったほうですが、このごろ少しあやしくなってきました。とはいっても、この自叙伝《じじょでん》では、少しは大げさにいったり、ごちゃまぜになったりするところもあることでしょう。でもそれは、ただ本当に、経験《けいけん》した土地のようすをはっきりえがくためや、そのときの情熱《じょうねつ》をいいあらわすためなのです。ほかは、まるっきり真実です。

まだ生きている人たちの思惑《おもわく》を考えて、ところどころ、わざと名まえを取りかえています。たとえば、フィリフヨンカをヘムレンにしたり、また、ガフサをはりねずみにかえたことなどです。けれどもかしこい読者のみなさんには、本当はどうだったのか、ちゃんとおわかりになるはずです。

さらにみなさんは、ヨクサルがスナフキンのなぞめいたパパであることを発見し、スニフがロッドユールの血を引いている、ということに深くうなずかれることでしょう。

ねえ、むじゃきな子どもたち。あなたがたのお父さんは、みんな立派《りっぱ》でえらい人に見えるでしょうが、三人のパパたちの経験《けいけん》を書きつづった、この物語を読んでごらんなさい。そしたら（どのパパも、似《に》たりよったりだなあ！）と考えるようになりますよ。少なくとも、パパたちの若《わか》いときはね。

わたしは、自分の世代と、つぎの世代の人たちに向かって、冒険《ぼうけん》だらけで、びっくりするようなわれわれの青春時代の話を、どうしても書かなければならないと思うのです。これを読んだたくさんの人たちは、考えをめぐらせたあげく、鼻をもたげて、こんなことをいうのでしょう。

「まあ、ムーミンってそんな子？」とか、「それが生きるということだ」とか（まったくわれながら、おそろしくまじめな考え方だなあとおどろきます）。

最後に、わたしの人生を、一つの芸術《げいじゅつ》作品たらしめてくださった、同じ時代をすごしたみなさんに、心からお礼を申しあげたいのです。とりわけフレドリクソン、ニョロニョロ、わたしの妻《つま》、すなわちムーミントロールのたったひとりのママにも、お礼をいいたいと思います。

八月、ムーミン谷にて

著者《ちょしゃ》

※あなたが、わたしの思い出の記をじっくり味わおうとしてくださるのなら、はじめからくり返し読みかえすことを、おすすめします。

1章

なかなか理解《りかい》してもらえなかった、わたしの子ども時代と、人生最初のできごと、家出をしたあのおそろしい夜のこと、フレドリクソンとの歴史的な出会いについて述《の》べます。

ずっとまえのことです。陰気《いんき》な風の吹《ふ》くある八月の夕方、ムーミンみなし子ホームの階段《かいだん》の上に、ごくありふれた買いもの用の紙ぶくろが一つ見つかりました。この紙ぶくろの中にいたのが、ほかでもない、このわたしでした。むぞうさに、新聞紙につつまれていたのです。小さなバスケットにコケでもしいて寝《ね》かせてくれていたのなら、もっとずっとロマンチックだったでしょうに。

さて、そのころみなし子ホームを経営《けいえい》していたヘムレンおばさんは、星うらないが好きで、日常のあれこれに使っていましたから、わたしがこの世に生まれてきたときに、いったいどんな星が支配《しはい》していたかを調べました。星のおつげでは、ずばぬけた才能《さいのう》を持ったムーミンが生まれた、と出ましたので、ヘムレンさんはこのわたしのために苦労することになりはしないかと、気が気でなかったそうです（天才というものは、ふつうはやっかいものと取られやすいのですが、わたし自身は、天才がちっともじゃまになりませんでした）。

星の位置というのは、大切なものですね。わたしがもし、もう二、三時間早く生まれていたとすれば、やくざなギャンブラーになっていたんですって。それから、わたしより二十分あとに生まれたものはみんな、ヘムル自由楽団《じゆうがくだん》に入りたい気持ちにかき立てられたというのですよ（パパたち、ママたちが、子どもをこの世に送り出すときに、じゅうぶんに気をつけるというわけにはいかないかもしれませんが、どうか念を入れて、よく計算するようにおすすめします）。

わたしは買いものぶくろから取り出されると、決まりごとのように、三回くしゃみをしました。なにがしかの意味があるのかもしれません……。

ヘムレンさんは、わたしのしっぽに、しるしをつけました。その番号は魔力《まりょく》のある数字、十三でした。わたしよりもまえに、もう十二人のみなし子がひろわれていたからです。みんな同じように陰気《いんき》くさい顔をして、こざっぱりとしたぎょうぎのよい子どもたちでした。というのは、ヘムレンさんは、みんなをだきあげてかわいがるよりも、洗《あら》ってやるほうによけい手をかけたからです（そのヘムレンさんは、ものごとをきちんとやるタイプでしたが、人の気持ちをくみとる力は欠けていました）。

愛する読者のみなさん、ムーミンホームというものを、ひとつ想像《そうぞう》してみてください。きちんとならんだ部屋が、みんなまっ四角で、どこもかしこもビール色にぬってあったんですよ。そんなの信じられないですって？　ムーミンホームには、おどろくようなところにかくれ家《が》みたいな小部屋があったり、階段《かいだん》やバルコニーや塔《とう》なんかが、たくさんあるはずだと、思われるでしょう。でも、ここにはありませんでした。それどころか、もっとひどかったのですよ。夜、ベッドから出てなにか食べたり、おしゃべりしたり、歩き回ったりすることは、ゆるされませんでした（おしっこするのが、やっとこさでした）。

わたしはかわいい子ヘビをつかまえて、ベッドの下で飼《か》っていたかったのですが、それもだめでした。

食事も体を洗うのも、決められた時間にしなければならず、おじぎをするときには、しっぽを四十五度の角度で上にぴんと立てなければならなかったのですよ！

おお、こんなこと、だれが涙《なみだ》なしに話せましょうか。

わたしはよく、玄関《げんかん》の小さな鏡の前に立って、憂《うれ》いをたたえた青い目の奥《おく》を見つめながら、自分の生命のひみつを、なんとかして見ぬこうとしました。けれども、手で鼻をおさえて、ため息をつくだけでした。

ひとりぼっち、つらい世の中。あじけない運命。そのほか、いろんなかなしいことばが、わたしの気分を、いくらか楽にしてくれました。

特別な才能《さいのう》を持ちあわせているとありがちなことですが、わたしは本当に、ひとりぼっちのムーミンっ子でした。だれもわたしのことを、わかっちゃくれませんでしたが、自分でも自分のことはよくわからなかったのです。

もちろん、わたしとほかのムーミンっ子たちとのちがいには、気がつきました。ちがいというのはおもに、ものごとに興味《きょうみ》を持ち、それをふしぎに思う能力があるかどうかということでした。

たとえばわたしなら、ものごとについてヘムレンさんに、

「なぜこうなっているのですか？　なぜこの反対ではいけないのですか？」

とたずねることが、しょっちゅうでした。

するとヘムレンさんは、いうのです。

「ちゃんとうまくいってるじゃないか。これではいけないとでもいうのかい」

ヘムレンさんはこんな調子で、けっして、きちんとした説明をしてくれませんでした。わ

たしの知りたがっていることを、ヘムレンおばさんは、ほったらかしにしようとしているのだなと、だんだんはっきり感じるようになりました。

どこで？　いつ？　だれが？　なにを？……そんなことは、ヘムルたちにとっては、なんの意味もないのですね。

わたしは、ヘムレンさんに問いただしました。

「なぜ、ぼくはぼくであって、ほかのだれでもないんですか？」

「わたしらふたりにとって、運がわるかっただけのことさ。体を洗《あら》ったかい？」

これが、こんなにも大切な質問《しつもん》に対する、ヘムレンさんの答えでした。

わたしは、つづけざまに聞きました。

「でも、おばさんはなぜヘムルで、ムーミンじゃないんでしょうか？」

「わたしのパパとママが、ヘムルだったのさ……ありがたや、ありがたや」

「じゃ、そのまたパパとママは？」

「ヘムルさ。その先のパパやママたちも、みんなみんな、ずっと先までヘムルさ。さあ、体をお洗《あら》い。洗わないと、怒《おこ》るよ」

「そんなのぞっとするな。どこまでいってもきりがないの？　いつかは、最初のパパとママにたどりつくはずだと思うんですけど」

「ずっと、ずっとむかしのことさ。そんなことを気にする必要はありません。なぜこんなことに、きりがいるんだい」

（ぼんやりとでしたが、あるすじの通った一つの考えが、わたしの頭に浮《う》かびました。わたしのパパやママの系統《けいとう》は、きっと、かなり特別なものにちがいない、ということでした。王冠《おうかん》がわたしの産着《うぶぎ》に刺繍《ししゅう》してあっても、ふしぎではなかったのです。ところが、ちぇっ、新聞紙とはなんたることでしょう）

ある晩《ばん》わたしは、しっぽの角度を七十度にまちがえて、おじぎをしてしまった夢《ゆめ》を見ました。わたしがこのゆかいな夢をヘムレンおばさんに話して、怒るかどうかようすを見ていると、おばさんはいいました。

「夢なんか、くだらないものだよ」

そこでわたしは反対しました。

「どうしてそういえるんですか。もしかしたら、ぼくが夢で見たムーミンが本物で、ここに立っているムーミンは、ただおばさんが夢で見ているやつかもしれないじゃない」

「おあいにくさまだけど、ちがいます。おまえは本物のムーミンだよ」

と、ヘムレンさんはつまらなそうに、いいました。

「わたしは、おまえとどうも性《しょう》が合わないらしいね。頭がいたくなるよ。正義《せいぎ》のないこの世界で、おまえは、なにになるつもりなんだい？」

「ぼくは有名になるんです。いろいろしたいことがあるけど、ヘムルのみなし子ホームも建てたいな。そのホームでは、子どもたちはみんな、ベッドの中でシロップパンを食べてもいいし、ベッドの下でヘビを飼《か》っても、スカンクを飼ってもいいんです」

「そんなことに、なるわけがないじゃないか」

と、ヘムレンさんがいいました。

ざんねんながら、ヘムレンおばさんのいうのが正しかったようです。

このようにして、わたしの子ども時代のはじめは、いつも心の中に疑問《ぎもん》を持ちながらすぎていきました。わたしは、ふしぎに思うことを自分自身に聞くしかなかったのです。そして、どこで？　いつ？　だれが？　なにを？　という問いを、くり返していました。ヘムレンさんと、おとなしいみなし子たちは、わたしをできるだけさけていました。「なぜ？」ということばは、目に見えて、みんなのきげんをわるくしました。

それで、わたしはひとりぼっちで、ヘムレンさんの家のまわりの木も生えない荒《あ》れはてた海辺を、歩き回るのでした。クモの巣や星のことを考えたり、まるまったしっぽで水たまりを泳いでいる小さなはい虫のことを考えてみたり、あちこちから吹《ふ》いてきて、いつもちがったにおいを運んでくる風に思いをめぐらせながら、さまよっていたのです（あとになって知ったのですが、才能《さいのう》あるムーミンというものは、わかりきった、めずらしくもないことがらでも、いつも一度はふしぎがるのです。でも、ふつうのムーミンがたいしたものだと感心するものには、ぜんぜん興味《きょうみ》がわきません）。

本当に、ゆううつな時代でした。

しかし、少しずつようすが変わってきました。わたしは、自分で自分の世界を作りだすことを考えはじめたのです。つめたいまわりのものには目もくれずに、もっと自分自身のことを考えるようになって、さらにのめりこんでいきました。わたしは質問《しつもん》するのをやめて、そのかわりに自分がなにを感じ、どう考えるかをしゃべるのが、おもしろくなりました。けれども、まあどうでしょう。自分以外、わたしのことに興味《きょうみ》を持つものはどこにもいなかったのです。

ところがそのうちに、わたしの成長にとって大きな意味を持つ、あの春がやってきたのです。

はじめは、わたしにとってどんな意味があるのか、わかっていませんでした。いつものように、口笛やハミング、がやがやする音が聞こえるだけでした。それは冬の眠《ねむ》りからさめて、せかせかと立ち回るものたちのざわめきでした。そのうちに、きちんと作られたヘムレンさんの野菜畑が、活動を始めたのに気がつきました。地面をつきやぶって出てきた芽はみんな、がまんならなかったというふうに、しわだらけのまんまです。

でも、あたらしい風は、夜になると歌をうたっていました。今までとはちがったにおいもしてきました。なにかが変化するにおいでした。

こうしてにおいをかいだり、空気を吸《す》いこんだりしているうちに、わたしは足にいたみを感じました。足がいたむのは、成長のしるしなのですが、自分にとってよいことだとは、思いもしませんでした。

それから少したった、ある風の吹《ふ》く朝のことでした。わたしは感じました……そうです、ただ感じただけなんです。そしてまっすぐに浜辺《はまべ》へ下りていきました。これは、ヘムレンおばさんの気に入らないことなので、かたく止められていたのですが。

海には、わたしにとって本当に意味深いできごとが、待っていました。わたしは、初めて自分の全身像《ぜんしんぞう》を見たのです。なめらかに光る氷は、ヘムレンさんの玄関《げんかん》の鏡よりはずっと大きかったので、春の空の雲が、わたしのかわいくぴんと立った耳のそばを、流れすぎていくのが見えました。そしてしまいには、鼻から足の先までつながっている、きちんとした全身をながめることができたのです。

ただ一つだけ、少しばかりわたしをがっかりさせたのは足でした。足はどうにもたよりない子どもっぽい形をしていたので、とまどってしまいました。けれども、たぶんそのうちに、かっこうがよくなるだろうと考えました。

わたしのたのもしいところは、まちがいなく頭なのです。なにをするにしても、わたしは人をたいくつさせることなんか、けっしてありませんからね。足……そんな下までわざわざ見る人はいやしませんよ。

魔法《まほう》にかけられたように、わたしは自分のすがたに見とれました。それからもっとよく見たいと思って、氷の上にうつぶせになりました。

すると、わたしのすがたは消えてしまい、深く深くつづく緑色の闇《やみ》だけが残りました。氷の下にはなにかがひっそりと生きているような、見知らぬ世界があって、はっきりしない影《かげ》が、もやもやしながら動いていました。影は、おどかすようでもあり、また心をひきつけるようでもありました。わたしは、めまいを感じながら考えました。

「もしも落ちてしまったら……あの得体も知れぬ影の間へ……。深く、深く……ただ下へ下へ……」

とてもこわくなって、ふるえあがりました。起き上がって、氷がもつかどうかためすために、ふみつけてみたところ、だいじょうぶでした。そこでもう少し先へ進み、そこも氷がもつかどうか調べましたが、もうだめでした。

あっというまに、わたしはつめたい緑の海へ耳までつかってしまいました。わたしのたよりない足は、底知れない危険《きけん》な暗闇《くらやみ》を下にして、ばたばたやっていました。その間も、雲はたえまなく空を流れていき、なにごともなかったように、あたりはひっそりとおだやかだったのです。

もしかしたらあのおそろしい影のどれかが、わたしを食べるつもりだったのかもしれません。それでもって、影がわたしの片方《かたほう》の耳を家へ持って帰って、子どもにこういったかもしれませんね。

「さあ、冷めないうちに、早くおあがり。これが本物のムーミンのさ。そんじょそこらにあ

るものではないよ」
　それにこんなことも、考えられますね。わたしは、水のしたたる海草を耳の後ろにくっつけたまま、浜《はま》へ流れつきます。するとヘムレンさんが泣きかなしんで、知っているかぎりの人たちに向かって、こういうのです。
「あの子は本当に、ずばぬけたムーミンだったの。わたしがそれを見ぬくのがおそかったために、手おくれになってしまって、ざんねんでたまらないわ……」
　わたしの考えがとうとう、お葬式《そうしき》のことにまでいってしまったとき、なにかがこっそりとわたしのしっぽをつかみました。しっぽのある生きものなら、だれだって知っていますが、この特別なかざりはとてもこわがりで、危険《きけん》や失礼なことに出会うと、瞬間的《しゅんかんてき》に反応《はんのう》するものなんですよ。

さっきまでうっとりと波にゆられていたわたしは、夢心地《ゆめごこち》をたちきって、ありったけの力であばれました。その結果、氷の上によじ登ることができ、それから浜辺《はまべ》のほうへはっていったのです。わたしは自分にいい聞かせました。

「今、事件《じけん》というものを経験《けいけん》したんだ。これがぼくの一生での、最初のできごとだぞ。もうなんていったって、ヘムレンの家になんかいられるものか。ぼくは自分の運命を、この手で切り開いてみせるぞ」

わたしは一日中、寒さにふるえていましたが、だれひとりとして、なぜふるえているのか聞いてくれませんでした。そのことが、かえってわたしの決心をかためてくれたのです。

夕方、わたしはシーツを長く裂《さ》いてつなぎあわせ、ひもを作ると、それを窓《まど》わくに結びつけました。おとなしいみなし子たちは見ていましたが、なにもいいません。わたしにはそれが、しゃくにさわってたまりませんでした。夕飯のあとで、わたしは考えに考えたうえで、おわかれの手紙を書きました。かんたんではありましたが、意味深長な、つぎのようなものでした。

ヘムレンさま、

大きな使命が、わたしを待っているような気がします。それに、ムーミンの命は短いのです。ですから、ここを出ていきます。さようなら。かなしまないでください。わたしは栄冠《えいかん》をかざって、もどってきます！　なお、マッシュかぼちゃ一缶《かん》もらっていきます。

さようなら。　　ふうがわりのムーミンより

さいは投げられました。運命の星がみちびくままに、わたしは自分を投げだしたのです。前途《ぜんと》にすばらしいことがあるかもしれないなどとは、ほんのちょっぴりも考えませんでした。わたしはまだまだ子どものムーミンでしたから、荒《あ》れ地《ち》をかなしい思いでさまよったり、谷間のさびしさにため息をついたり、夜はおそろしい鳴き声におびえて、心細さをつのらせるばかりでした。

ムーミンパパは思い出の記をここまで書いてみて、自分のふしあわせな少年時代があんまりあわれで、あらためてショックを受けたほどでした。そこでパパは、書いていたペンを置いて、窓辺《まどべ》に行きました。ムーミン谷は、本当に静かでした。夜の北風

がおだやかに庭を吹《ふ》きぬけ、ムーミントロールのなわばしごが風にゆられては、家の壁《かべ》についたりはなれたりしていました。パパは考えました。

（今だって逃《に》げようと思えば、逃げられないことはないぞ。でもこの年では、話にもならんな）

パパはひとりでくすくす笑って窓《まど》から外へ足を出し、なわばしごに体を乗っけました。

「おや、パパ、なにしてるの？」

となりの窓から、ムーミントロールが声をかけました。

「体操《たいそう》さ。体のためだ。一足下りて、二足上る。一つ下りて、二つ上る。こうすると、筋肉《きんにく》にいいんだよ」

「でも、落ちないでね。思い出の記のほうは、どうなってるの？」

「上々だよ」

といいながらパパは、ふるえる足を窓台の上に引きもどしました。

「ちょうど、わたしが逃げだした場面なんだ。ヘムレンが泣いて……ひどく感動的なところさ」

「いつ読んで聞かせてくれるの？」

「もうじきだ。船のところまで書いたらね。自分の書いた本を、声に出して読むってことは、どんなにゆかいだろうなあ」

「そうだね。じゃ、おやすみなさい」

ムーミントロールは、あくびをしました。

「おやすみ、おやすみ」

パパもいって、思い出の記を書くペンのキャップを取りました。

さて、どこまで書いたのだっけ――そうだ、わたしは逃《に》げだしたんだ。そして朝になって――待てよ。それは、もうちょっとあとにしよう。逃げた夜のことを、もう少しくわしく書かねばならん。

わたしは一晩中《ひとばんじゅう》、見知らぬおそろしい景色の中をさまよい歩きました。あとになって、ざんねんに思うのは、そのときは、立ち止まろうとも、まわりを見ようともしなかったことです。暗闇《くらやみ》の中ではなにが急に飛び出してくるか、わかったものじゃありませんからね……。わたしは、みなし子ホームの朝のマーチ「この世は視界不良《しかい》」を歌おうとしました。けれども声が変にふるえて、なおさらこわくなりました。霧《きり》の深い晩で、ヘムレンさんの作るオートミールのような、こい霧が荒《あ》れ地《ち》の上をはい回り、しげみや岩を変な形の怪物《かいぶつ》に変え

ました。――その怪物《かいぶつ》が、しのびよってきて、腕《うで》をのばしてわたしをつかもうとするんです。……どうしてこんなことになってしまったのでしょう。わたしはぞっとしました。

そういうときには、いつもは気にくわないヘムレンおばさんでさえも、いっしょにいてくれたらいいなと思いました。けれども、後もどりをするということは、ぜったいにいやです。あんな傲慢《ごうまん》な、わかれの手紙を書き残してきたんですから。

それでも、とうとう夜が明けました。そして太陽がのぼってくると、すばらしいことが起こったのです。霧《きり》が、ヘムレンさんの日曜日のぼうしのベールみたいなばら色になったかと思うと、たちまち世界中がその色に変わって、なごやかな感じになりました。わたしはそこに立ちつくして、夜が消え去っていくのを見ていました。夜の影《かげ》が最後のかけらまではらい落とされた第一日めの朝のすがすがしさに、好きなだけひたっていたのです。

本当にわたしの朝、わたしだけの朝でした。

愛する読者のみなさん、いまいましいしるしをしっぽからちぎりとって、遠くのヒースのしげみの中へ投げすてたときの、わたしのよろこびとほこらしさを想像《そうぞう》してください。それからわたしは、このあたらしい自由を祝って、ムーミンダンスをおどったのですよ――。つめたく輝《かがや》かしい春の朝、小さな、形のよい耳を立て、鼻を上に向けてね。

もうけっして、体なんて洗《あら》わなくてもいいのです。もうけっして、時計が五時だからというだけのことで食事をする必要はなく、もうけっして、王さま以外だれに対してもしっぽのおじぎをすることはなく、もうけっして、ビール色の四角い部屋に寝《ね》る必要もないのです。ヘムルたちなんて、おさらばです。

太陽がのぼると、クモの巣や、ぬれた葉が光りだしました。消えていく霧《きり》の間に、わたしは道を見つけました。荒《あ》れ地《ち》の上をまがりくねっている道は、広い世界へ通じ、またわたしの一生に通じているのです。わたしの一生は、ずばぬけて有名になり、ほかのものとは、くらべものにならないものなんです。

まずマッシュかぼちゃを平らげると、缶《かん》をぽいとすてました。これで持ちものはなにもなくなりました。しなければならないことは、一つもありません。それに、なにもかもすべてあたらしくなったので、今までどおりにすることなんて、なにもないのです。こんなにいい気分なのは初めてでした。

この特別な気分は、その日の夕方までつづきました。自分自身のことと、勝ちとった自由のことだけ考えていたので、夕方になっても、少しも不安にはなりませんでした。口からでまかせな歌をうたいながら（ざんねんなことに、どんな歌だったか、もうわすれてしまいましたが）、夜道をひたすら歩き回りました。

一度もかいだことのないような、よいにおいを風が運んできて、わたしの鼻を期待でわくわくさせました。それが、森においしげっているコケや、シダや大木のにおいだとは、ちっとも知りませんでしたが。

くたびれると地面の上にまるまり、つめたくなった足をおなかの下に入れました。

たぶん、わたしはヘムルのために、みなし子ホームなんか建てることはないでしょう。みなし子はごくたまにしかいませんもの。しばらく横になってから、有名人よりも冒険家《ぼうけんか》になるほうがいいのではないかと、まよいました。そしてけっきょく、有名な冒険家になろうと決心したのです。

わたしは、眠《ねむ》りにつくまえに考えました。明日《あした》こそ！　と。

目をさますと、頭上にあざやかな緑の世界があってびっくりしました。無理もありません、それまで木というものを見たことがなかったのですから。

木々は目が回るほど高く、やりのようにまっすぐに、緑の天井《てんじょう》をささえていました。しげった葉は軽くゆれて、日の光に輝《かがや》き、鳥たちはよろこびのさけびをあげながら、あちこちで空から一直線に舞《ま》い下《お》りてきました。

わたしはちょっとの間、気を落ちつけるために、逆立《さかだ》ちしました。そして、大声を張《は》りあげました。

「おはようございます。この美しい場所は、だれのものですか。本当にここには、ヘムレンはいませんか」

「わたしたち、いそがしいのよ。遊んでいるんだもの」

鳥たちはそうさけびながら、葉のしげみに頭から飛びこんでいきました。

そこでわたしは、森の中を進みました。コケはあたたかく、やわらかでしたが、シダの下には暗い影《かげ》があって、見たこともないはい虫やとび虫の群《む》れが、うようよしていました。もちろん連中は小さすぎて、まともな話し相手にはなりませんでした。最後にわたしは、年とったはりねずみが、ひとりですわって、木の実のからをみがいているのに会いました。

「おはようございます。ぼくは特別な星の下《もと》に生まれた、ひとりぼっちの避難民《ひなんみん》です」

とあいさつすると、

「ああ、そうなの」

はりねずみは、つまらなそうにいってから、なおつづけました。

「あたしは、仕事中なのよ。これはヨーグルト用のボウルにするの」

「そうですか」

といったとたん、わたしはおなかがすいているのに気がつきました。

「この美しい場所は、だれのものなのですか?」

「だれのものでもないわ。みんなのものよ」

こういってはりねずみは、肩《かた》をすぼめました。

「じゃあ、ぼくのものでもあるわけですか?」

「どうぞお好きに」

はりねずみはつぶやいて、ヨーグルトボウルをみがきつづけました。

わたしは、心配になってきました。

「おくさん、ここがヘムレンさんのものでないということは、本当にたしかなんですね?」

「なんですって、そりゃまた」

はりねずみは聞き返しました。

まあ、このしあわせものったら、ヘムレンさんに会ったことがなかったのです。

そこでわたしは説明しました。

「ヘムレンさんは、とても足が大きくて、少しもユーモアがないんです。鼻はつき出てるけどちょっとつぶれてるし、髪《かみ》はもじゃもじゃです。あの人はおもしろいことなんか、なに一つしません。ただ、しなけりゃならないことを、やっているだけなんです。こうしなけりゃ、ああしなけりゃと、そんなことばかりいっていて……」

「あらあら、なんとまあ」

はりねずみはいいながら、シダの中へもぐっていきました。

本当のところ、わたしは少し腹《はら》が立ちました（ヘムレンについて、もっとしゃべりたかったのです）。

（この場所は、だれのものでもなくて、みんなのもの。するとぼくの場所でもあるんだな。さてなにをしようか）

考えは、いつものように、すぐに浮《う》かびました。カチッという音がして、とたんに思いついたのです。

ここにひとりのムーミンがいる。場所があるなら家を一軒《けん》建てることは、いわずと知れたことです。

なんとわくわくするアイディアでしょう。自分で建てる家、しかもわたしだけの家です！

そこからちょっと行ったところに、小川の流れと緑のあき地があるのを見つけました。いかにもムーミン向きの場所に思えます。小川がうねりまがっているところには、あちこち砂《すな》地《じ》もありました。

わたしは棒《ぼう》をひろって、砂の上に家の絵をかきはじめました。ためらうことはなんにもありません。ムーミンの家はどんな形のものか、わたしはちゃんと知っていたのです。背《せ》が高くて、はばはせまく、バルコニーや階段《かいだん》や塔《とう》がついているのですよ。

二階には小さな部屋を三つと、なんにでも使える、いわゆる物置部屋を、一階は、大きな品のよい居間《いま》一間にしました。ほかに、ガラス張《ば》りのベランダを作って、そこにロッキングチェアを置いてすわり、そばに大きなジュースのコップとサンドイッチをならべて、小川の流れをながめようと思ったのです。ベランダの手すりには、松ぼっくりのもようをきれいにほることにしました。とんがり屋根は、たまねぎ形の美しい玉でかざり、ゆくゆくは金色にぬりあげるつもりでした。

わたしは、むかしふうの*タイルストーブの扉《とびら》をどう作ろうか、長い間考えました。ムーミンがタイルストーブの奥《おく》でくらしていたころのおもかげを、残したかったからです。思案のあげく、真鍮《しんちゅう》の扉はあきらめて、かわりに大きなタイルストーブを居間に置くことに決めました。

そのほか、家全体に、正しいタイルストーブの特徴《とくちょう》を持たせました。神秘的《しんぴてき》な速さででき

た美しい家に、自分でもほれぼれするほど感心しました。これは、わたしが親から受けついだ才能《さいのう》にちがいありませんが、わたし自身の能力や判断力《はんだんりょく》、そして自分自身の欠点もよくわかっているからでしょう。しかし、自分の仕事をじまんすべきではありませんから、かんたんに結果を述《の》べるだけにしておきます。

急にわたしは、寒くなったのに気がつきました。シダの下の暗い影《かげ》が、森全体に広がり、夕闇《ゆうやみ》がせまってきたのでした。

とてもつかれて、おなかもすいてきました。あたりを見わたしましたが、はりねずみのヨーグルトボウルのことしか、思いつきませんでした。それにはりねずみなら、ムーミンやしきの屋根の玉をぬる金色のペンキを持っているかもしれません……。つかれてこわばった足を引きずりながら、わたしは暗くなった森の奥《おく》にもどりました。

「また来たのね。でも、ヘムレンのことはいいっこなしよ」

お皿を洗《あら》っていたはりねずみがいいました。

わたしは、大げさな身ぶりをしながら答えました。

「おくさん、ヘムレンなんて、もうどうでもいいんです。ぼくは家を一軒《けん》建てたんですよ。二階建てのいい感じの家を――。それでぼくは今とてもうれしいんですが、つかれたうえに、すごくおなかがすいています。いつも五時には夕飯を食べる習慣《しゅうかん》なものですからね。それから、ぼくは玉をぬるのに少しばかり金色のペンキがいるんですが……」

「ああそう、金色のペンキね」

はりねずみはわたしがいいおわらないうちに、ふきげんそうに返しました。

「あたらしいヨーグルトはまだできてないし、古いのは食べてしまったし……あんたは、ちょうどお皿を洗《あら》っているところに来たというわけ」

そこで、わたしはいいました。

「しかたがありませんよ。ヨーグルトなんか、冒険家《ぼうけんか》にとっては、大事なものではありません。それじゃおくさん、お願いですから、皿洗いをおしまいにして、ぼくのあたらしい家を見に来てくれませんか」

はりねずみは、信用できないという顔つきでわたしを見つめましたが、ため息をついて、まずタオルで手をふいてからいいました。

「それじゃ、お湯はまたわかすとしましょう。あんた、その家はどこなの。遠いとこ？」

わたしは先に立って案内しました。しかし、歩きながら、足にいやな感じがし、それがおなかのほうへはい上がってくるような気持ちになりました。

小川のほとりまで来ると、

「それで？」

と、はりねずみがいいました。

「おくさん」

わたしは情《なさ》けなく返事をしてから、砂《すな》の上にかいた家を指さしました。

「家はこんなふうに建てたいと思ってるのですよ……。ベランダの手すりは、松ぼっくりのもようにしてね。おくさん、ぼくに糸のこぎりをかしてくれませんか……ぼく、どうにもこまっているんです」

愛する読者のみなさん、おわかりですよね。わたしは、どんな家を建てようかと夢中《むちゅう》で考えているうちに、本当にもう家ができあがったものと思いこんでしまったのですよ。まちがいなく、とても強烈《きょうれつ》な想像力《そうぞうりょく》ですよね。この力が将来《しょうらい》わたしの、さらにはまわりのみんなの人生に影響《えいきょう》をおよぼすことになるんです。

はりねずみはなんともいいませんでした。長いことわたしを見ていましたが、さいわいにもわけのわからないことをぶつぶついっただけで、皿洗《さらあら》いのつづきをするために、帰っていきましたっけ。

わたしは小川に足をふみ入れると、なんにも考えないでつめたい水の中を歩きはじめました。川はわたしには関係なく、かってにゆっくりと流れていました。川の水はあるところではすんで、川底の小石がよく見え、またあるところでは深くよどんで、すごい色をしています。太陽はだいぶかたむいて、まっ赤な色になり、松の幹《みき》の間からわたしを照らしました。まぶしさに目をつぶって、先へ先へと水の中を歩いていきました。

そのうちに、カチッと音がして、またあたらしい考えが浮《う》かびました。もしもわたしが、あの花の咲《さ》いているきれいな小さい原っぱに、本当に家を建てたとしたら、原っぱ全体がそこなわれるかもしれません。家は原っぱのとなりに建てるべきなのです。しかし、原っぱのそばには家を建てる場所がありません。それはあなたがたも、わかってくださるでしょう。

そこでみなさん、わたしが家持ちになったとしたら、ですよ。そもそも、家持ちが同時に冒険家《ぼうけんか》にもなれるものでしょうか。無理だといわざるをえませんよね。

さらに一生の間、あのはりねずみのようなおとなりさんと、つきあっていかなきゃならないとしたら。これも考えてみてください。たぶんあのおばさんは似《に》たもの同士でくっついてくらしている、はりねずみ一族のひとりなのですよね。

つまり、わたしは三つの大きな不幸を逃《のが》れることができたわけです。それには、深く感謝《かんしゃ》しています。

のちのち、この家を建てようとした一件《いっけん》を、わたしの最初の大きな経験《けいけん》として数えました。これはわたしの成長にとっても、大きな意味があったと思っています。

それはともかく、自由と自尊心《じそんしん》を胸《むね》に秘《ひ》め、小川をわたっていきましたが、わたしの考えごとは、風変わりな小さい音によってやぶられました。小川のまん中に、棒《ぼう》とかたい葉でこしらえた水車が一つ、回っていたのです。わたしはふしぎに思って、立ち止まりました。つぎの瞬間《しゅんかん》、だれかの声が聞こえました。

「それは、実験なんだよ。回転数のさ」

赤い太陽に向かって目を細めると、とても大きな耳がブルーベリーのしげみからつき出ているのが見えました。

「どちらさまでしょうか」

わたしが聞くと、

「フレドリクソンだ。きみは？」

と、耳の持ち主が返事をしました。

「ムーミンです。避難民《ひなんみん》です。特別な星の下《もと》に生まれたものです」

「では、どの星だね」

フレドリクソンが、はっきりと興味《きょうみ》をしめして聞いてくれたので、うれしくなりました。教養のある質問《しつもん》をされたのは、これが初めてだったのです。

とにかく、わたしは小川からはい出して、フレドリクソンのとなりにすわりました。たった一度だって、腰《こし》を折られることなしに、わたしは自分がこの世に生まれてきた意味や、生まれるときのいろいろな兆《きざ》しについて話しつづけました。ヘムレンさんがわたしを見つけたときは、わたしが葉っぱで編《あ》んだきれいなかわいいバスケットに入っていたこと、ヘムレンさんのみなし子ホームのひどさ、まわりからわかってもらえなかった子ども時代のこと、そして春の氷の上で冒険《ぼうけん》したことやホームからの劇的《げきてき》な脱出《だっしゅつ》、荒《あ》れ地《ち》をさまよっておそろしかったことなど、みんな語りました。

そうして最後には、

「ぼくは冒険家になるつもりなんです」

といって、話を結びました（ここでは家やはりねずみについては、力を入れて話しませんでした。話をするときには、いつも大切なことにしぼらなければならないからです）。

フレドリクソンは熱心に聞いてくれ、大事なところでは耳をぴくぴくさせました。わたしが話しおえると、長いこと考えていましたが、ようやく口を開きました。

「すごいね。びっくりだよ」

わたしは、聞いてもらったことがうれしくて、思わずいいました。

「ね、そうでしょう」

「ヘムルって、いやなやつらだね」

フレドリクソンはこういってから、サンドイッチのつつみをポケットから出して広げ、

「ハムだよ」

と、わたしに半分くれました。

それからわたしたちは、しばらくならんですわって、太陽が沈《しず》んでいくのを見ていました。

フレドリクソンとの長い友だちづきあいで、わたしがいつも感心したのは、彼《かれ》が人の気持ちを静めて納得《なっとく》させるのに、なにも特別意味のあることをいったり、むずかしいことばを使ったりしないことです。

少し不公平な気がしない

でもありませんが、とにかくつづけましょう。

どっちみち、この日はよいことでおわりました。気持ちの落ちつかない人にわたしはすすめますが、できのいい水車が小川でコトコト回るのをじっと見つめているって、よいものですよ。

のちに、この水車作りの技術《ぎじゅつ》は、むすこのムーミントロールに教えてやりました。

(それはこうです。まず、二またになっている小さな枝《えだ》を二本切って、小川の砂床《すなどこ》に少し間をあけてさしこみます。それから、かたくて長い葉を四枚《まい》つみとり、葉のまん中に棒《ぼう》を通して星形のプロペラにします。このプロペラを小枝で補強《ほきょう》するのですが、そのやり方は絵を見てください。補強がおわったら、プロペラの軸棒《じくぼう》を、二またの枝に気をつけてわたします。そうすれば、水車は水の力を受けて回りだすのです)

森がすっかり暗くなると、わたしはフレドリクソンといっしょに先ほどの緑の原っぱに帰ってきて、夜を明かしました。わたしたちはベランダで寝《ね》ました。もちろん、わたしとしてはそういうつもりだった、ということですが。しかしわたしにとっては、松ぼっくりのもようまで、すっかり頭の中ではできあがっていましたし、二階に通じる階段《かいだん》がどう取りつけられるかも、ちゃんとわかっていたのです。つまり家はもう、思いどおりにすっかりできあがったという確信《かくしん》がありました。それ以上のことは、なにも考える必要がなかったのです。

この日いちばん意味があったのは、わたしに初めての友だちができたということです。これから本当の意味でわたしの人生が始まるのです。

＊むかしふうのタイルストーブとは、家の下から屋上までつきぬけ、えんとつにつながる、ペーチカふうの大きなストーブのことです。家の中央にレンガで築《きず》いてあり、部屋はみんなこの一つの大ストーブであたためられるのです。部屋に出ている部分は、きれいなタイルばりになっていて、部屋ごとに、火かげんや換気《かんき》を調節する、真鍮《しんちゅう》の扉《とびら》のついた焚《た》き口《ぐち》が取りつけられています。

2章

思い出の記の中に、ロッドユールとヨクサルを登場させ、竜《りゅう》のエドワードを紹介《しょうかい》し、海《うみ》のオーケストラ号《ごう》とそのユニークな進水式のようすを述《の》べます。

わたしがその朝、目をさますと、フレドリクソンは小川に網《あみ》をかけていました。

「おはよう。ここに魚がいるの？」

と聞くと、フレドリクソンはいいました。

「いないがね、誕生日《たんじょうび》のプレゼントだから」

これは、フレドリクソン流のいい方でした。ずいぶんまとめすぎですが、つまりは、甥《おい》っ子《こ》の手作りの網を誕生日プレゼントにもらったが、海で使えないのでざんねんだ、というわけなんです。

やがてわたしは、その甥《おい》がロッドユールという名まえで、両親は大そうじのときいなくなったということを知るようになりました。

（ロッドユールは、大さわぎしながらがらくた集めをする小さな動物です。人が引っくり返したり落としたりしたものを、考えもなしにせっせとひろっては、ためこむのです）

ロッドユールは青いコーヒー缶《かん》に住んでいて、おもにボタンを集めていました。これぐらいのことをしゃべっても、たいして時間はかかりません。そうでしょう？　ところがフレドリクソンは、一度にそこまで話してくれなかったのです。

さてフレドリクソンは、片方《かたほう》の耳をわたしに向けてちょこっと動かすと、先に立って森の中を歩きだしました。ロッドユールのコーヒー缶の前につくと、フレドリクソンは、笛を取り出して二回吹《ふ》きました。と、すぐにふたが開き、ロッドユールが飛び出してきました。笛は杉《すぎ》で作ったもので、中に、豆が一つぶ入っていました。

ロッドユールは、うれしくてたまらないようすで、わたしたちの前に走りよってくると、いきなり口笛を吹いたり、いろいろおかしな身ぶりをしてみせて、さけびました。

「おはよう、なんてうれしいんだろう。ぼくをびっくりさせてやるっていってたけど、今日のことだったのかな。だれをつれてきたの？　光栄だよ。缶の中がかたづいてなくて、わるいね」

「気にするな。ムーミンだよ」

と、フレドリクソンがいいました。

「こんにちは。ようこそ」

こう、ロッドユールはあいさつすると、大きな声でいいました。

「ぼくも、いっしょに行くよ……ちょっと待ってね。持っていかなければならないものがあって……」

ロッドユールは缶《かん》の中に見えなくなりました。するとナかで大さわぎをして、なにか探《さが》しまわっている音がします。しばらくたつと、ベニヤ板の箱をわきに抱《かか》えて出てきたので、わたしたちは森の中を歩いていきました。

フレドリクソンがだしぬけにいいました。

「甥《おい》っ子《こ》や、おまえ、絵がかけるかい？」

「あたりまえじゃないか！」

ロッドユールは大声をあげました。

「ぼくは一度、いとこ全員のために、テーブルの着席カードをかいたことがあるんだよ。一枚《まい》ずつちがったカードを。きらきらする、とびきりごうかな絵が必要なの？　それとも格言《かくげん》とか入れるの？　ごめん、でも、なにがいるのさ。おじさんの今日の不意打ちと、なにか関係があるの？」

「それはひみつだよ」

と、フレドリクソンはいいました。

そこでロッドユールは、興奮《こうふん》のあまり両足で飛び上がったので、ベニヤ板の箱にかけたひもがはずれて、中の宝物《たからもの》をコケの上にぶちまけてしまいました。宝物といっても、銅《どう》のぜんまい、ガーターのゴム、ベルトの穴開《あなあ》けパンチ、イヤリング、ダブルのプラグ、空《あ》き缶《かん》、かえるの干《ひ》ぼし、チーズ切り、たばこの吸《す》いがら、ボタンをどっさり、ソーダ水のびんの特許《とっきょ》を取ったふたなど、がらくたです。

「よしよし」

となだめながら、フレドリクソンは、みんなひろってやりました。

「ぼく、まえは、とてもいいひもを持っていたんだけど、なくしちゃったんだ。ごめん」

と、ロッドユールはいいました。そこでフレドリクソンは、ポケットからなわを一本取り出して、ベニヤ板の箱をしばりました。

それから、わたしたちはまた、先へ歩いていきました。フレドリクソンの耳を見れば、たのしい計画がいっぱいなのが、わたしにはよくわかりました。そして、はしばみのしげみの前でふり返ると、まじめな顔でわたしたちを見つめました。

「おじさんの不意打ちって、この中なのかな？」

と、ロッドユールがうやうやしく聞くと、フレドリクソンはうなずきました。わたしたちが気を引きしめて、はしばみのしげみの中をはっていくと、あき地へ出ました。そのまん中には、船が一そう置いてありました。大きな船が、ですよ！まるでフレドリクソンのように、幅広《はばひろ》く、どっしりして、いかにも安全そうに見えました。船について、わたしはなに一つ知識《ちしき》がありませんけれど、自然と強くひかれました。いわば船の魂《たましい》ともいうものが、わたしの冒険心《ぼうけんしん》をふるい立たせ、自由のにおいをかぎとらせたのです。

それと同時にわたしの心の内に浮《う》かんだのは、フレドリクソンがこの船を、まずどのように夢《ゆめ》に見、どう計画して、どう設計図《せっけいず》をかいたのかということ、それから、船をつくるために毎朝あき地に出ていくすがたでした。きっと、思いがけないほど長い時間がかかったにちがいありません。

それでも、だれにも船のことを話さなかったのです。ロッドユールにさえも。急にわたしは、ゆううつになりました。そして低い声で、聞いてみました。

「この船は、なんという名まえなの？」

「海のオーケストラ号さ。ゆくえ不明になったぼくの兄さんの詩集の名まえだよ。名まえの色はるり色にしような」

と、フレドリクソンは答えました。

「ぼくにぬらせてもらえる？　ぼくにさ。それ、ほんと？　おじさん、しっぽにかけてちかえる？　ごめんね！　でも、全体をぼくがぬってもいいの？　おじさん、赤は好き？」

ロッドユールがささやくと、フレドリクソンがうなずきました。

「喫水線《きっすいせん》は赤にしな」

「ぼくは、赤ペンキの大缶《おおかん》を持ってるよ。それからるり色の小缶も……わあい、うれしいなあ、うちへ帰って、みんなの朝ごはんを作ろう。それから缶の中をかたづけて……」

そういって、フレドリクソンの甥《おい》は、興奮《こうふん》にひげをふるわせながら、飛んでいきました。

わたしは、船を見ながらいいました。

「きみは、なんでもできるんだね」

するとフレドリクソンが、しゃべりだしました。それこそ山ほどしゃべりましたが、どれも船の建造《けんぞう》についてでした。

紙とペンを取り出して、水車がどう回るかかいてみせたのですが、わたしはあんまりよくわかりませんでしたが、なにか問題があるらしいことは伝わりました。

どうもプロペラにトラブルがあるようでした。

フレドリクソンの兄

たいへんさはわかっても、わたしには問題点に深く入っていくことはできませんでした。

——そう、わたしの才能《さいのう》もついていけない方面があるんですよ。その一つは、機械工学というやつです。

船のまん中に、とんがり屋根の小さな家が高々と建っているのが、わたしの興味《きょうみ》をおおいに引きました。

「きみは、あの中に住んでいるの？」

わたしは聞きました。この小さな家は、ムーミンのあずまやにそっくりでした。

「あれは操舵室《そうだしつ》さ」

フレドリクソンは、少しとがめるように答えたのでした。

わたしは、考えこんでしまいました。この「家」はわたしの好みからいえば、あまりにも実用的で、おもむきがありません。窓《まど》わくなども、もっと空想的にできそうなものです。船長ブリッジには、海のモチーフをほどこした手すりの一つもほしいところです。屋根には金色にぬった玉のかざりをつけなくちゃ……と、こんなことも思いました。

わたしは、操舵室のドアを開けました。ところが、ゆかのまん中に、だれかが顔にぼうしをのせたまま、転がって眠《ねむ》っているではありませんか。

「これ、きみの友だち？」

わたしがおどろいてたずねると、のぞきこんでみてフレドリクソンは、いいました。

「ヨクサルだ」

わたしは、ヨクサルをよく見ました。よれよれのだらしない身なりで、全体的にうす茶色の印象を受けました。ぼうしはたいそう古びていて、かざりにつけてある花はしおれていました。そして、もう長いこと体を洗《あら》っていないようでした。たぶん、洗おうともしなかったのでしょう。

そのとき、ロッドユールが走ってきて、さけびました。

「食事ができましたよ」

とたんにヨクサルは目をさまして、まるで、ネコのように体をのばして、「ふっへっ」と、あくびをしました。

「ごめんね。でも、きみ、フレドリクソンの船の中で、いったいなにをしているのさ？　立《た》ち入《い》り禁止《きんし》って書いてあるのを、見なかったのかい」

ロッドユールは、おどすようにいいました。

「見たよ、だからこそ入ったのさ」

と、ヨクサルは、にこやかに返事しました。

これで、ヨクサルがなぜそこに寝《ね》ていたのか、はっきりわかりました。寝ぼけネコのようなだらしなさから、この人の目をさまさせる方法は、ただ一つしかないのです。それは、なにかをしてはいけないという禁止《きんし》のふだのようなものを、はっておくことです。カギのかかっているドアとか、フェンスとかにね。

また、公園の番人がひげをふるわせてなにかいいだそうとするのに、ヨクサルが出会ったら最後、なにが始まるかわかったものではありません。そんなことでもなければ、眠《ねむ》るか、食べるか、うつらうつらしているかでした。今わたしが書いている時点では、ヨクサルの頭は、食べることでいっぱいだったのです。

わたしたちは、ロッドユールの缶《かん》にもどりました。冷えたオムレツが、くたびれたチェス盤《ばん》の上に置いてありました。

「ぼくは今朝、とてもおいしいプディングを作ったんですよ。でも、ゆくえ不明なんです。これは、インスタント・オムレツというやつです」

ロッドユールが説明しました。

オムレツを缶のふたに取りわけて食べはじめると、ロッドユールは、心配そうにわたしたちを見つめていました。フレドリクソンは長いこと、だれの目にもわかるほど苦労してなにかをかんでいましたが、みょうな顔で、とうとういいました。

「甥《おい》っ子《こ》！　なにかかたいものがあるな」

「かたいものですって！」

ロッドユールは、さけびました。

「そんなら、ぼくのコレクションのなにかにちがいない……はき出して。はき出してよ」

フレドリクソンは黒いぎざぎざのものを二つ、缶《かん》のふたにはき出しました。

「ごめん、わるかったなあ。これはぼくの歯車だ。おじさん、飲みこまなくてよかったねえ」

と、甥《おい》はさけびました。

けれども、フレドリクソンは返事もしないで、長いことひたいにしわをよせて、じっと空《くう》をにらんでいます。すると、ロッドユールは泣きだしてしまいました。

「甥っ子をゆるしておやりよ。こんなにす

まながっているんだから」

　ヨクサルがいいました。

「ゆるせって？　むしろ感謝《かんしゃ》してるくらいだよ」

　と、フレドリクソンはとつぜん大声を出しました。そして、紙とペンを取り出すと、プロペラと水車を回すために、歯車をどこに取りつければよいか、図にかいてくれました。

（どういうことか、みなさんに伝わるといいんですけど）

　そのとき、ロッドユールがさけびました。

「おお、それ本当？　ぼくの歯車を、おじさんの発明に使ってもらえるなんて」

　わたしたちは、とてもゆかいな気分で、食事をおえました。

　フレドリクソンの甥《おい》は、このできごとで元気を取りもどし、いちばん大きなエプロンをつけると、一分でもおしむように、海のオーケストラ号を赤くぬりはじめました。ひたすらせっせとぬったので、船が赤くなったばかりでなく、地面もはしばみの葉もほとんど赤くなってしまい、ロッドユール自身も赤くなりました。わたし

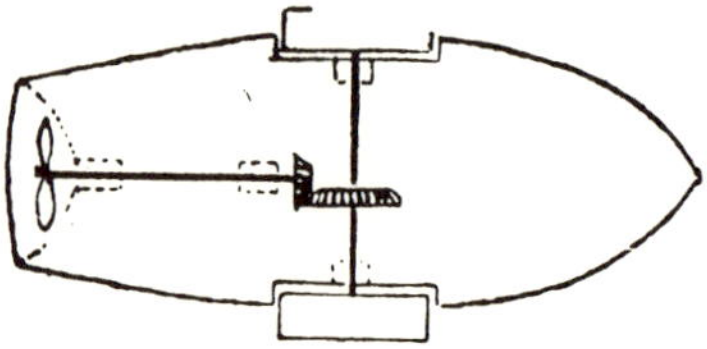

は、このときのロッドユールほど赤いものを見たことがありませんね。それでも、船の名まえはるり色で書いてありました。

　すっかりできあがったころ、フレドリクソンが見に来ました。ロッドユールは心配そうにいいました。

「きれいじゃない？　うんと気をつけてぬったんだよ。ここのところなんか、ぼく、地面に寝《ね》ころんでぬったんだ」

「そうだね」

　フレドリクソンは、まっ赤になった甥《おい》をながめて、うなずきました。そしてくねくねまがった喫水線《きっすいせん》を見て、「ふん」といいました。さらに船の名まえを見て、「ふんふん」といいました。そこで、ロッドユールがいったのです。

「字がまちがっているの？　なんとかいってよ。さもないとぼくまた泣きだすよ。ごめんなさい。海のオーケストラって、なんてむずかしいことばだろう」

「うっーみーのーオーオーケースートーラー」

と、フレドリクソンは読み上げました。それからちょっと思案していましたが、いいました。

「安心しな。まあよかろう」

ロッドユールはほっと安心すると、残ったペンキで自分の家をぬることにして、いそいで行ってしまいました。

夕方、フレドリクソンは、小川にしかけた網《あみ》を引き上げました。網にかかった、らしん盤《ばん》の箱を見たときの、わたしたちのおどろきやいかに……。その箱には、気圧計《きあっけい》が入っていたのですよ。わたしは、このすばらしいふしぎな発見に、興奮《こうふん》せずにはいられませんでした。

ムーミンパパは、ノートを閉《と》じました。そしてなんとかいってもらいたくて、聞き手を見わたしながら、たずねました。

「さあ、どうかね」

「とてもいい本になると思うな」

と、ムーミントロールがまじめくさっていいました。彼《かれ》は、ライラックの木かげにあお向けになって、花ばちを見ていたのです。あたたかくて、風はまったくありませんでした。

「だけど、ぜんぶおじさんの頭の中の、作り話じゃないの？」

スニフが聞きました。

「そんなことないさ。そのとき本当に起こった事実だよ。すみからすみまで、事実なんだ。もちろん、あちこちにいくらか誇張《こちょう》したところはあるがね……」

ムーミンパパは答えました。

「ぼく、ふしぎに思うんだ。パパのコレクションは、どこへいってしまったの？　変だなあ」

といったのは、スニフでした。

「どのコレクションかね」

と、ムーミンパパがたずねました。

「ぼくのパパのボタンのコレクションだよ。ロッドユールは、ぼくのパパだったんだよね？」

「そうだとも」

ムーミンパパはいいました。

「ね。だからパパの貴重《きちょう》なコレクションがどこにいったか、ふしぎに思ったのさ。ぼくが相続するものですからね」

と、スニフが、きっぱりといいました。

「ふっへっ。これは、ぼくのパパのくせだったなあ。どうしてヨクサルのことは、ちょっぴりしか書かないの？　ヨクサルは今どこにいるの？」

と、スナフキンがいいました。

「パパたちは今どうしているか、ぜんぜんわからないのだよ」

ムーミンパパは、あいまいな身ぶりをしながら、説明しました。

「パパたちは、あらわれたと思ったら、行ってしまったんだ……でもとにかく、わたしはきみたちのパパのことを書いてやったよ。これであいつらも、後《のち》の世に残るというわけさ」

スニフは、鼻を鳴らしました。

スナフキンは考えながら、またいいました。

「ヨクサルは公園番がきらいだったんだね。ってことはさ……」

みんなは草の上に足を投げだし、日向《ひなた》で目をつぶりました。気持ちがよくなって、眠気《ねむけ》がさしてきます。

ムーミントロールが聞きました。

「パパ、そのころはみんな、そんな変なしゃべり方をしたの？『おどろきやいかに』『よろこびをもたらし』『心の内』とかさ」

パパは、少し怒《おこ》っていいました。

「ちっとも変なしゃべり方じゃないんだよ。そもそも、ものを書くってときに、いいかげんなしゃべり方なんてありえないだろ？」

「でもさ、ときどきやっているじゃない。それに、ロッドユールには、ふつうに話させているじゃないの」

と、むすこはやり返しました。

「やれやれ、それが持ち味というものさ。おまけに、あることについて話をするのと、そのことについてどう思うかというのとでは、大きなちがいがあるんだよ。つまり、考えたり書いたりするのと、ただおしゃべりをするのとでは、大ちがいさ。しかも今ここでは、みんな感じたことだけをたよりにしゃべっているのだから、なおさらちがう……と、わたしは思うね」

こういってパパはだまりこみ、顔をしかめながら思い出の記のページをパラパラめくりました。

「おまえたちは、ふだん使われていない不自然なことばを、わたしが使ったとでもいうのかい？」

「そんなことないよ。ずいぶんむかしのできごとだし、なにがいいたいのかはだいたいわかるしね。パパ、もっと先まで書いてあるの？」

と、ムーミントロールはいいました。

「まださ。だけど、これからおもしろくなるんだよ。まもなく、竜《りゅう》のエドワードと、モランが出てくるんだ。ペンはどこだね？」

「ここにあるよ。ヨクサルのことを、もっと書いてね。書きもらしちゃだめだよ」

こういったのは、スナフキンでした。

ムーミンパパはうなずき、ノートを草の上に広げて、先を書きました。


そのころ、わたしは初めて、大工仕事をしてみようと思いました。この特別な才能《さいのう》は、持って生まれたものにちがいありません。いわばこの手に才能が宿っていたのです。

この天才的才能《さいのう》で、わたしが最初にこしらえた試作品は、たいへんつつましいものでした。造船所《ぞうせんじょ》で手ごろな木の切れはしをひろってくると、ナイフを見つけて、みごとなかざり玉をほりました。それが、のちに船の操舵室《そうだしつ》の屋根のかざりになったのです。このかざり玉はたまねぎの形で、全体に魚のうろこもようをほりこみました。

フレドリクソンはざんねんながら、こんなに大切な船の部分品については、ほとんどなにもいいませんでした。あの人は、進水式以外のことには、考えがおよばなかったのです。

海のオーケストラ号の出発準備《じゅんび》は完了《かんりょう》しました。すばらしいながめでした。船体はゴムタイヤの四輪車にのせられ、日の光に赤く光っていました（やわらかい砂浜《すなはま》の上では、ゴムの助けを借りるはずでした）。

フレドリクソンは、金の線がついた船長のぼうしを手に入れました。船の下までもぐっていって、いかにも心配そうにしています。そして、こうつぶやいているのが聞こえました。

「船はどっかりすわりこんでいる。やっぱりだ。まったく、とんでもないことになったぞ」

フレドリクソンが、海のオーケストラ号のまわりをはいずりながら、いつもとちがってやけにおしゃべりだったのは、ひどく落ちつきをなくしている証拠《しょうこ》でした。

ヨクサルはあくびをしながらいいました。

「やれやれ、それじゃまた、お出かけか。ふっへっ。きみたちったら、なんてこったい。朝から晩《ばん》まで、もようがえやら引《ひ》っ越《こ》しやらでてんてこまいだな。そんなにせかせか動くと、あぶないぜ。働いて、苦労して、それがなにになるのさ。考えるだけで、気落ちするね。ぼくの親類に、ひげがたれ下がるほど三角法を勉強したやつがいるが、すっかりおぼえるやいなや、モランが来て食べられちまった。やつはそれからモランのおなかの中にいるのさ。なんておりこうさんだろうね」

ヨクサルの発言は、思いつくまま気の向くままに、というものの見方から来ていて、これはスナフキンに遺伝《いでん》しています。それでスナフキンも、それからずっと、同じなまけ星の後を追っているのです。

スナフキンのこのふしぎなパパは、本当は心配しなければならないことでも、まったく気にとめませんでした（わたしがもしこの思い出の記で、彼《かれ》にふれなかったら、この人が後世に残ることはなかったでしょうね）。そんなことは、まあいいとして……ヨクサルは、またあくびをしていいました。

「いつ出発だい？　ふっへっ」

「いっしょに行くつもり……なの？」

わたしが聞くと、ヨクサルは答えました。

「もちろんさ」

するとロッドユールがいいました。

「みなさんがゆるしてくれるなら、ぼくも同じことを考えているんです。……ぼくはもうコーヒー缶《かん》の中には住めなくなっちゃって」

「そうなの?」

と、わたしはたずねました。

ロッドユールのいいぶんはこうでした。

「あの赤ペンキをぼくの缶にもぬったら、かわかないんです。ごめんなさい。食べものにも、ベッドにも、ひげにも、ペンキがくっついて……ぼく、どうにかなっちゃいそうだよ」

「くよくよするなよ。さあ、荷作りだ」

フレドリクソンははげましました。

「おお、そんな大旅行なの。それじゃ、ようく考えなくちゃね。……あたらしい生活だもの」

こうロッドユールはいい残して、ペンキをぽたぽたまきちらしながら、走っていきました。

わたしにいわせれば、どうにもたよりない乗組員ばかりだったのです。

ところで、海のオーケストラ号は、そのまま、どっかりとすわりこんでいました。ゴムの車輪は地面に深くめりこみ、びくともしませんでした。わたしたちは、造船所《ぞうせんじょ》全体（つまりあき地のことです）を掘《ほ》り下《さ》げましたが、なんの役にも立ちませんでした。フレドリクソンは、頭を抱《かか》えて、ぺったりすわりこんでしまいました。

「ねえ、きみ、そんなに力を落とさないで」

と、わたしはいいました。フレドリクソンの返事はこうでした。

「力を落としているんではないよ。ぼくは考えているんだ。船がどっかりすわりこんでいて、川までは持っていけない。そんなら、川を船のところまで持ってこなくちゃね。どうやって？　あたらしい川すじを作るんだ。どういうふうに？　ダムをつくる。どういうふうに？　石を積んで……」

「どういうふうに？」

わたしも手伝うつもりでつづけました。

「そうだ」

とつぜんフレドリクソンは、わたしが飛び上がるほどの大声でいいました。

「竜《りゅう》のエドワードだ。あいつが川にすわってくれればいいんだ」

「そいつのしっぽは、これぐらい大きいの？」

わたしは両手を大きく広げて聞きました。

「もっとずっと、大きいさ」

フレドリクソンは、短く答えたかと思うと、わたしにたずねました。

「きみ、カレンダーを持っているかい？」

「いや」

わたしは返事をしながら、だんだん興奮《こうふん》してきました。

「おとといは、豆スープだったな。すると今日は水あびの土曜日だ。よし、いそげ」（北ヨーロッパの習慣《しゅうかん》で、木曜日にはかならず豆のスープを飲みます）

フレドリクソンがいいました。

「こわい？　その竜《りゅう》って？」

川岸に下りていきながら、小さい声で聞いてみました。

「こわいとも。でも、ふみつぶしちゃうとしても、わざとじゃないんだ。そうすると、そのあと一週間は泣いて、葬式代《そうしきだい》もはらうんだとさ」

これが、フレドリクソンの返事でした。

「ぺしゃんこになったら、目もあてられないな」

わたしは小声でいいましたが、元気は出ましたた。愛する読者のみなさん、一つうかがいますが、こわくなければ元気を出すなんてかんたんでしょう？

とつぜん、フレドリクソンは立ち止まって、いいました。

「いた、いた」

「どこに？　そいつは、この塔《とう》の中にでも住んでるの？」

わたしが聞くと、フレドリクソンは説明してくれました。

「ありゃ、やつの足だよ。静かにな。今、ぼくがどなってみるから」

そして、ありったけの声を張《は》りあげました。

「おうい、エドワードくん、上にいるんだね。下にいるのはフレドリクソンだよ。今日はどこで水あびするんだい？」

すると、どこか上のほうで、かみなりが返事しました。

「海だよ。いつものようにな。シラミくん」

「川であびろよ。底は砂《すな》だよ。やわらかくて気持ちいいよ」

と、フレドリクソンはどなりました。

「うそだ。だますんだろ。ねずみの子だって知っているよ。モランみたいに不吉《ふきつ》なあの川には石がごろごろしてるってことぐらいはな」

竜《りゅう》のエドワードがいうと、

「ちがう、川底は砂《すな》だよ」

フレドリクソンはどなり返しました。竜《りゅう》はいっとき、ぶつぶついっていましたが、最後にいいました。

「ようし、おまえのモラン川で、水あびしてやろう。どけ、どけ。なんべんも葬式《そうしき》を出すようなことはいやだからね。もしおまえが、おれにうそをついたら、おまえの命はないぞ。シラミのたまごめ、おれの足がどんなに敏感《びんかん》だか知ってるだろ。背中《せなか》はいうまでもないさ」

フレドリクソンは、ひとこと、

「走るぞ！」

と、小声でいいました。そこで、わたしたちは走りだしました。一生のうちに、あんなに速く走ったことはありません。走りながら、ずっとわたしは、竜のエドワードがどんなふうに、でっかい背中をとがった岩の間に沈《しず》めるか想像《そうぞう》してみました。やつはすさまじくいかってまちがいなく大洪水《だいこうずい》を起こすでしょう。なにもかもがでかくて、危険《きけん》で、ひとかけらの希望もありません。くわばら、くわばら……。

とつぜん、後ろであがったほえ声！　それから、ドカンと鳴《な》り響《ひび》く音！　川の波が森に突《とっ》進《しん》してきました……。

「乗船！」

と、フレドリクソンがさけびました。わたしたちは、川の波にかかとまで追いつかれながら、造船所《ぞうせんじょ》にあわてて飛びこみました。つづいて船に乗ろうと、しっぽが船べりを越《こ》えたとたん、デッキで眠《ねむ》っていたヨクサルにつまずきました。

そのとき、白いあわがシューシュー音を立てながらおしよせてきて、船の外は一面、水になってしまいました。海のオーケストラ号は、前のめりになって、おそろしさにミシミシ鳴り、うんうんうなりました。でもつぎの瞬間《しゅんかん》、さすがに船はコケからはなれて浮《う》き上《あ》がり、森の木の間を進みだしました。水車が動きだし、プロペラもなめらかに回転を始めました。——歯車がうまく働くようになったのです。フレドリクソンはしっかり舵《かじ》をにぎり、木の幹《みき》の間をぬって、わたしたちを安全にみちびきました。

こうして、くらべようもないほど、すばらしい進水式になったのです。花や葉っぱがデッキの上に雨のようにふりかかって、船はお祭りみたいにかざられました。海のオーケストラ号は勝ちほこったように、最後に一回はねて川に入りました。やがて船は、水しぶきをあげながら流れにそってまっすぐに進みました。

「地面を見てごらんよ」

フレドリクソンがいいました（というのも、地面の上を走ってみたかったのです。そうすればちょうつがいがうまく働くかを、ためせますからね）。わたしは目をこらして川を見ていましたが、少しはなれたところをゆらゆら浮《う》いている赤い缶《かん》のほかには、なにも見えませんでした。

「おや、あれはなんの缶だろうな」

わたしがいうと、ヨクサルが返事しました。

「なにか見おぼえがあるよ。そうだ、中にロッドユールがいてもふしぎはないな」

わたしはフレドリクソンのほうへ向きなおっていいました。

「きみは、甥《おい》っ子《こ》のことをわすれていたね」

「そうだ、そうだ。こいつはどうかしてたぞ」

と、フレドリクソンが答えました。

ロッドユールの赤いびしょぬれの顔が、缶からつき出ているのが見えました。手をふり回し、歯をむき出してもがきにもがいたせいで、自分のスカーフで自分の首をしめそうになっていました。

ヨクサルとわたしは、船べりから乗りだして、コーヒー缶《かん》をつかみました。缶はまだペンキでべとべとしていて、かなりの重さを感じました。わたしたちが缶を船の上に引き上げるとき、

「デッキに気をつけろ」

と、フレドリクソンはどなりました。それから、ロッドユールに向かっていいました。

「元気かい、甥《おい》っ子《こ》」

「ああ、どうしたらいいんだ。考えてもみてよ。波が荷物のどまん中へおしよせて、なにもかもめちゃくちゃさ。ぼく、いちば

ん上等な窓《まど》のとめ金をなくした。たぶんパイプ通しも。ぼくの心はすっかりめちゃくちゃだ。ぼくの持ちものもめちゃくちゃだ。いやになっちゃうよ」

でも、そのうちにロッドユールはすっかりきげんをなおし、あたらしいやり方で、またコレクションを整理しはじめました。海のオーケストラ号は静かに水しぶきをあげながら、水車を回して、すべるように川を進んでいきました。わたしはフレドリクソンのそばにすわって、いいました。

「もうけっして、竜《りゅう》のエドワードに会う用事がないように願いたいね。あいつは、ぼくたちのことをひどく怒《おこ》っていると思わないかい？」

「かなりね」

フレドリクソンは答えました。

3章

わたしの最初の英雄的行為《えいゆうてきこうい》と、その結果もたらされたショッキングでおそろしい出会いと、ニブリングの習性《しゅうせい》について述《の》べます。

したしみを感じた緑の森は、消えていきました。すべてのものは、聞いたこともないほど大きくなり、見たこともない動物たちが、切り立った岸にそって、うなったり鼻を鳴らしたりしてうろついていました。

海のオーケストラ号の舵取《かじと》りをしていたのが、わたしとフレドリクソンのような責任感《せきにんかん》の強い男だったことは、じつにさいわいでした。なぜって、ヨクサルはなにごともまじめにやりませんし、ロッドユールが考えることは、缶《かん》のすぐ近くのことにかぎられていましたから。

缶は前デッキに置いたので、日光でしだいにかわいていきました。でも、ロッドユール自身をすっかりきれいにすることはできずに、うすいピンク色がいつまでも残りましたっけ。

船は、わたしの作った金色のかざりをつけて、ゆっくりと水の音をさせながら進んでいきました。フレドリクソンはもちろん、金色のペンキを船に積んでいました。こんな大切なものを用意していないとしたら、あきれますよね。

わたしはたいてい操舵室《そうだしつ》の中にいて、岸辺をいろんなめずらしいものがうろつくようすを見たり、気圧計《きあつけい》をちょっとたたいてみたり、船長ブリッジを行きつもどりつして考えごとをしたりしました。

とりわけ、こんな船に冒険家《ぼうけんか》のひとりとして乗り組んでいるわたしのすがたを、もしヘムレンさんが見たら、さぞびっくりするだろうなと想像《そうぞう》するのは、たのしいことでした。はっきりいって、「いい気味だ」というところです。

ある夕方、わたしたちは深くさびしい入り江《いりえ》に入りました。

「ぼくはこの入り江が気にくわん。わるい予感がする」

ヨクサルがいうと、フレドリクソンは、

「予感だって！　甥《おい》っ子《こ》、錨《いかり》を下ろしな」

と、なんともいえない声を出しました。

「はい、今すぐに」

ロッドユールはさけんで、船の上から大きななべを投げました。

「今のは、ぼくたちの夕飯だったんじゃない？」

わたしが聞くと、もうしわけなさそうにロッドユールがいいました。

「しまった。ごめんごめん。いそいでいると、まちがえやすいものだね。ぼく、あわてちゃって……でも、かわりにゼリーがありますから。――見つかりさえしたら、ですけど」

これは、いかにもロッドユールらしいできごとでした。

ヨクサルは船べりに立ち、目を光らせて、陸を見つめていました。夕闇《ゆうやみ》はまもなく山の尾《お》根《ね》をつつむところでした。尾根は水平線に向かって、打ちよせる荒波《あらなみ》のように重なっています。

「どうだい、きみの予感は……」

と、わたしがたずねるとヨクサルがいいました。

「だまって……また聞こえた……」

わたしは、耳をぴんと立ててみましたが、聞こえるのは、弱い陸風《りくふう》が海のオーケストラ号のマストのロープをうならせる音だけでした。

「そんなの、空耳さ、さあ中へ入っておいでよ。ランプをつけよう」

わたしがいったとき、

「ゼリーが見つかったよ」

と、ロッドユールが深い皿を持って、缶《かん》から飛び出してきました。

とつぜん、夜の静けさをやぶって、ものがなしい音が聞こえました。それはなげくような、おどかすような、背筋《せすじ》をぞうっとさせる音でした。ロッドユールは「きゃっ」とさけんで、皿をデッキの上に落としました。

「あれはモランだ。夜の狩《か》りの歌をうたっているんだ」

フレドリクソンがいいました。

「あいつ、泳げる？」

わたしが聞くと、フレドリクソンが答えました。

「さあ、どうだかね」


モランはけわしい山の上で、えものを追いかけていました。

モランの鳴き声は、わたしが今まで聞いた声のうちで、いちばんさびしいものでした。遠くなったかと思うと、また近くなり、そして消えました。……モランがだまると、なおさら気味わるくなりました。のぼってきた月の光のせいで、地面を走り回るモランの灰色《はいいろ》の影《かげ》が見えるような気がしたからです。

デッキの上は寒くなりました。

「見ろよ」

と、ヨクサルが大声を出しました。

なにものかが、フルスピードで岸のほうへ走り下りてきて、水ぎわを行ったり来たりしています。

「モランのえものだ。かわいそうに、ありゃ生きたまま食べられちゃうぞ」

と、フレドリクソンが沈《しず》んだ声でいいました。

「ぼくの目の前で、そんなことをさせてたまるもんか。ぼくがあいつを助けてやる」

わたしはどなりましたが、フレドリクソンはいいました。

「間にあわないよ」

しかし、わたしは決心したのです。船べりに乗っかって、

「名もなき冒険家《ぼうけんか》の墓《はか》に、花をかざる必要はない。まあ、泣いているヘムレンをふたりばかりほった、みかげ石の記念碑《きねんひ》を建ててくれたまえ」

というなり、暗い水の中に飛びこみました。浮《う》かび上《あ》がると、ロッドユールのなべの底にボイーンとぶつかりましたが、中身の肉の煮《に》こみを落ちつきはらって投げだし、稲妻《いなずま》のように陸をめがけて泳ぎました。鼻先でなべを前におしながら、わたしは声を張《は》りあげました。

「元気を出せ、ムーミンが来たぞ。モランが手あたりしだいに好きなものを食べるなんて、ゆるせるものか」

石が、山の斜面《しゃめん》でガラガラ鳴りました。モランの狩《か》りの歌はもう消えて、熱い息づかいがだんだん近づいてきました……。

「なべに飛びこめ！」

と、わたしはその不幸なえじきに向かって、さけびました。

相手が一とびでなべの中に飛びこんできたため、なべは取っ手のところまで沈《しず》みました。なにものかが、暗闇《くらやみ》の中でわたしのしっぽをつかもうとしたので、しっぽをさっと引きました。

「ふふん、輝《かがや》かしい手柄《てがら》だ。ひとりでやってのけたんだぞ」

わたしは、仲間が息をつめて待っていてくれる海のオーケストラ号めがけて、大いばりで引き上げました。

助けたのは重いもの、とても重いものでした。

わたしは、力いっぱい泳ぎました。

しっぽをすばやく回転させたり、おなかをリズミカルにくねらせたりして、ムーミン風《かぜ》のように水の上を進んでいきました。船に引き上げられると、デッキに転がりこんでから、わたしはなべを引っくり返して、助けたものを引っぱり出しました。その間、モランはひとりぼっちでおなかをすかせ、腹《はら》を立ててほえていました（モランは泳げないのです）。

わたしがだれを助けたのか見ようとして、フレドリクソンは、ランプをつけました。

その瞬間《しゅんかん》が、わたしの苦労の多かった青春時代の中でも、いちばん惨憺《さんたん》たるものであったことに、まちがいありません。なぜって、目の前のびしょぬれのデッキの上に、ぺったりとすわっていたのは、ほかでもないヘムレンおばさんだったからです。これぞまさに、「万事《ばんじ》休す」っていうやつです。

わたしは、ヘムレンさんを助けてしまったのでした。

あわてて、思わずしっぽを四十五度の角度に立ててしまいましたが、自分が自由なムーミンであることを思い出して、気軽にいいました。

「オッス！　思いがけないじゃないか！　こんなことが起こるとはなあ」

「起こるって、なにがです？」

と、ヘムレンさんはいって、こうもりがさについた肉の煮《に》こみをつまみ取りました。

わたしは、はき出すようにいいました。

「ぼくが、おばさんを助けるめぐりあわせになったことさ。おばさんは、ぼくに助けられたわけ。ところでおばさん、ぼくのおわかれの手紙を受け取った？」

ヘムレンさんは、ことばをえらんでいいました。

「わたしは、あんたのおばさんじゃございません。手紙なんか受け取っていませんよ。あなた、切手をはらなかったのじゃない？　それともまちがったあて名を書いたとか？　ポストに入れるのをわすれたんじゃない？　あんたに字が書ければの話だけれど」

ヘムレンさんはぼうしをかぶりなおすと、あいそよくいいました。

「だけどあんた、泳ぎはじょうずね」

「あなたがたは、知りあいなんですか？」

フレドリクソンが、おずおずと聞きました。

「とんでもない！」

と、ヘムレンさんはいいました。

「わたしは、ヘムル一族のおばですよ。デッキ一面にゼリーをまきちらしたのはだれなの？　それ、そこの耳の大きいの、わたしにぞうきんをおくれ。ふいてあげるから」

　フレドリクソン（耳の大きいのというのは、彼《かれ》のことだったのです）が、あわててヨクサルのパジャマを持ってくると、ヘムレンおばさんは、それでデッキのぞうきんがけを始めました。

「わたしゃ、怒《おこ》っているんだよ。そういうときには、そうじをするにかぎるの」

　わたしたちは、後ろでだまったまま、立っていました。

「わるい予感がするって、ぼく、きみたちにいったよな」

　ヨクサルがつぶやきました。

するとヘムレンおばさんは、みにくい鼻を、わたしたちのほうへ向けていいました。

「その人、おだまり。だいたいたばこを吸《す》うには、あんたはまだまだ若《わか》すぎるよ。ミルクを飲んでいればいいんです。そのほうが体のためよ。そうすれば、手足がふるえたり、鼻先が黄ばんだり、しっぽがはげたりすることもない。わたしを助けたのは、あんたたちのためにも本当によかったんだよ。さあ、これからは船の中もきちんとなるからね」

「気圧計《きあつけい》を見なくちゃならん」

フレドリクソンは早口にいって、操舵室《そうだしつ》の中にさっと入り、ドアにカギをかけてしまいました。

気圧計の目盛《めも》りは、びっくりして四十も下がってしまい、ニブリングのことがかたづくまで、ふたたび上がろうとはしませんでした。

けれども、そのことについては、あらためて話すとしましょう。あのときは、この困難《こんなん》をさけられる希望のかけらもなく、ただ手をこまねいているしかなかったのです。


「やれやれ、やっとここまできたわい」

ムーミントロールのパパは、ふだんと変わらない声でいって、思い出の記から顔を上げました。

「ねえパパ、ぼく、パパの話が急にふしぎなほうへ走るのに、だんだんなれてきたよ。そのなべは、ずいぶん大きかったんだろうな。……本ができあがったら、ぼくたち、お金持ちになれる？」

と、ムーミントロールがいいました。

「億万長者だよ」

ムーミンパパは熱く答えました。

「そんなら山わけにしよう。ぼくのパパのロッドユールも主人公のひとりだものね」

と、スニフがいうと、スナフキンもいいました。

「ぼくは、ずうっとヨクサルが主人公だと思っていたな。こんなにすばらしいパパだったなんて、初めて知ったよ！　それにぼくは、パパにそっくりじゃないか」

「きみらのパパたちの若《わか》いころは、わき役にすぎないんだぜ。冒険《ぼうけん》にいっしょにつれていってもらっただけでも満足しなくちゃ」

ムーミントロールはそうわめくと、ベランダのテーブルの下から、スニフをけりました。スニフはひげを逆立《さかだ》てて、どなりました。

「おまえ、けったな」

「あなたたち、なにしてるの。なにかいやなことでもあったの？」

ムーミンママが、居間《いま》のドアから顔を出していいました。

「パパが自分の人生経験《けいけん》を読んで聞かせてくれてるの」

ムーミントロールが説明しました。とくに「自分の」というところに力を入れて。

「おもしろいの？」

「とてもおもしろいよ」

「よかったわね。ただね、わたしたちのことですけど、パパ、子どもたちにわるい印象をあたえそうなところは、読まないようにしてくださいよ。○○○……としておいてね。たばこ、持ってきましょうか？」

すると、スニフがどなりました。

「たばこは吸《す》わせないでよ。ヘムレンおばさんがいってるよ。たばこを吸うと、手足がふるえたり、鼻が黄ばんだり、しっぽがはげたりするって」

「そんなことはないわよ。パパはずっとたばこを吸ってるわ。それでもふるえたりはげたりしないし、鼻だって黄ばみはしません。気持ちのいいものは、なんだっておなかにもいいのよ」

ムーミンママはこういって、パパのパイプに火をつけると、窓《まど》を開け、海から吹《ふ》いてくる夕風を入れました。それからママは口笛を吹きながら、コーヒーを入れに台所へ行きました。

「進水式にロッドユールをわすれるなんて、ありえないよ。そのあとボタンのコレクションは、なんとか整理できたの？」

スニフがとがめると、ムーミンパパはいいました。

「そりゃもう、何度も整理してたよ。やつはいくらでもボタンのあたらしい整理法を考えだすんだ。色でわけてみたり、大きさでわけてみたり、形や材料でわけてみたり、それからまた、好ききらいだけでわけたこともあったね」

「すてき」

と、スニフは夢見《ゆめみ》るようにいいました。

「ぼくが心配してるのは、ぼくのパパのパジャマがゼリーだらけになったことなんだ。いったいパパは、なにを着て寝《ね》たんだろうな」

スナフキンがいうと、

「わたしのを着たさ」

と、ムーミンパパは答えて、たばこのけむりを大きく天井《てんじょう》に向けてはきました。

スニフは、あくびをしてからいいました。

「こうもりをつかまえに行かない？」

「うん、行こうぜ」

スナフキンにつづき、ムーミントロールもいいました。

「じゃ、またね、パパ」

ムーミンパパは、ひとりベランダに残りました。そしていっとき考えこみましたが、それからまたペンを取り、自分の青春時代の物語を書きつづけるのでした。


あくる朝、ヘムレンおばさんはすさまじくごきげんでした。

六時に目をさますと、すぐにトランペットのようにどなりました。

「おはよう、おはよう、おーはーよーうー！　さあ、始めましょうかね。最初は軽く、くつしたのつぎあて競争をしましょう。ほんとをいうと、あんたたちのたんすの引き出しをのぞいたのよ。そのあとで、ごほうびに知育遊びをしましょうね。とてもためになるわよ」

それから、おばさんは聞きました。

「元気のみなもと、今日のごはんは、なんなのかしら？」

「コーヒー」

と、ロッドユールがいうと、ヘムレンおばさんはいいました。

「オートミールよ。コーヒーは、年をとってふるえがきてから飲むものです」

「ぼくはオートミールで死んだ人を知ってるよ。オートミールがのどにつまって、窒息《ちっそく》したんだって」

と、ヨクサルがつぶやきました。

でも、ヘムレンおばさんはいいました。

「あんたたちがコーヒーを飲むのをパパやママが見たら、なんていうかしら。きっと涙《なみだ》を流すわよ。どういうしつけをされたんでしょう。それともあんたたちは、まるっきりしつけを受けてないの？　でなけりゃ、生まれつき出来がわるいのかねえ」

「ぼくは、特別な星の下《もと》に生まれたんだ。ぼくは小さな貝がらの中で、ベルベットにつつまれて見つけられたんだよ」

と、わたしはいいました。

「ぼくは、しつけなんかしてもらいたくないね。ぼくは発明家だ。自分の好きなことをやるんだ」

フレドリクソンもきっぱりといいました。

「ごめん、ぼくのパパもママも涙なんか流すもんか。ふたりは大そうじのときに、いなくなったんだぞ」

ロッドユールはさけび、ヨクサルはパイプにたばこをつめながら、すごむようにいいました。

「ふん！　ぼくは規則《きそく》なんか大きらいさ。公園の番人を思い出して、いやだね」

ヘムレンおばさんは、長いことわたしたちを見つめていましたが、それからゆっくりといいました。

「これからは、わたしがあんたたちの世話を焼きますからね」

「いいよ、そんなことしてくれなくても」

と、わたしたちは声をそろえてさけびました。

けれどもヘムレンおばさんは、頭《かぶり》をふって、

「これは、スーパー・ヘムレンであるわたしの義務《ぎむ》なのです」

と、ひみつめいたことばを残して出ていきました。きっと、しつけとかなんとかいやらしいことを考えだすために、ちがいありません。

わたしたちは、船尾《せんび》の日よけテントの下へもぐりこんで、おたがいになぐさめ合いました。

「ぼくは、しっぽにかけてちかうよ。もうけっして、暗がりで、だれかを助けたりなんてことはしないってね」

と、わたしはいいました。

「今さら、もうおそいよ。あのばばあ、なにをしでかすかわかりゃしない。いつかきっと、

ぼくのパイプを海へ投げすてて、ぼくを仕事に追いたてるにちがいない。きっと、やりたい放題だぞ」

といったのは、ヨクサルでした。

「モランがもどってくるといいんだけど……」

ロッドユールは、のぞみをかけるようにいいました。

「でなけりゃ、ほかのものでもいい。おばさんを食べてしまってくれるものが来ないかな。ごめん、わるいことをいっちゃったかな」

フレドリクソンは「まあね」といいましたが、しばらくたって、

「その手もあるな」

と、真顔でつけくわえました。

みんな、みじめな気持ちで、おしだまってしまいました。

それから少しして、やっとわたしが口を開きました。

「ぼくたちがもっとえらくて、有名だったらなあ。そしたら、あんなおばさんなんか、かんたんにやっつけてやれるんだ」

「どうしたら有名になれるの？」

と、ロッドユールがたずねました。

「うん、そりゃかんたんさ。だれもまだやったことのないことをやるとか、古いことでも、あたらしい方法でやるとか……」

と、わたしがいうと、ヨクサルも聞いてきました。

「たとえば、どんなことさ」

「空飛ぶ船」

フレドリクソンはつぶやくと、小さな目が、おどろくほどきらきらと光りだしました。

すると、ヨクサルがいいました。

「有名になるなんて、つまらないことさ。はじめはきっとおもしろいだろう。でも、だんだん慣《な》れっこになって、しまいにはいやになるだけだろうね。メリーゴーラウンドに乗るようなものじゃないか」

「メリーゴーラウンドってなんだい？」

わたしは聞きました。

「機械だよ。断面図《だんめんず》で見ると、歯車がこういうふうに働くんだ」

といってフレドリクソンは前のめりで、ペンとノートを取り出しました。機械のこととなるといつも、こちらがびっくりするほど熱が入るのです。機械は、フレドリクソンに魔法《まほう》をかけるのです。わたしはむしろ、気味わるくも感じましたがね。

　水車ぐらいならば、まだかわいらしいし、わかりやすいけれども、ファスナーとなると、もう機械の世界に近く、わたしから見れば、警戒心《けいかいしん》を起こさせるものでした。ヨクサルの知りあいでズボンにファスナーをつけた人がいるのですが、一度ファスナーが引っかかって、それっきりもう開かなくなったんですって。ああ、おそろしい。

　ちょうど、わたしが、ファスナーの話をしようとしたとき、変な音が聞こえました。まるで遠くの鉄管の中から出てくるような、息をころしたようなにぶい音でした。きっとおそろしいものが出す音にちがいありません。

　フレドリクソンは日よけテントから顔を出すと、ひとこと、不吉《ふきつ》なことばを口にしました。

「ニブリングだ」

　たぶん、ここで説明がいるでしょうね（かしこい人には、たいていのことはわかるものですが、念のために）。

　わたしたちが日よけテントの下でひと休みしている間、海のオーケストラ号は河口《かこう》の三角州《さんかくす》のほうへゆっくり流されていたのですが、そこはニブリングたちのすみかだったのです。

　ニブリングは一ぴきでいるのをきらい、群《むら》がって生活する動物です。川の下に歯でトンネルを掘《ほ》り、そこにとても住《す》み心地《ごこち》のよい国づくりをしているんです。ニブリングの足には吸《きゅう》盤《ばん》がついていて、歩くとべたべたする足あとが残ります。

ニブリングはだいたいおとなしい動物なのですが、目についたものはなんでもかじったり、かんだりしないではいられないくせを持っています。とくに、まだ見たことのないものに対しては、なおさらなんです。

そのほかにも、こまった性質《せいしつ》があります。相手の鼻が大きすぎると思うと、その鼻をかみ切るんです。

ですから、おわかりでしょう。ニブリングがわたしたちをどうする気なのか、心配だったのです。

「缶《かん》の中に入っておいで」

フレドリクソンは、ロッドユールにどなりました。

海のオーケストラ号は、ニブリングの大群《たいぐん》の中で動けなくなって、立ち止まってしまいました。

ニブリングたちは、まんまるの青い目でわたしたちをじいっと見つめながら、ひげをふりふり、水の中で足ぶみしていました。

「どうか、少し道をあけてください」

フレドリクソンがいいました。

けれどもニブリングたちは、船のまわりにびっしりとひしめきあって、そのうちの何びきかは、足の吸盤《きゅうばん》を使って船べりをはい上がり始めました。

先頭のやつが船べりから顔を出した時です。ちょうど操舵室《そうだしつ》の後ろから出てきたヘムレンおばさんが、こうさけびました。

「いったい、なにごと！　そこにいるのはなにもの？　わたしたちのお勉強のじゃまをするなんて、ぜったいにゆるしません」

フレドリクソンは、あわてていいました。

「おどかしちゃだめだ。こいつらは怒《おこ》るよ」

「怒ってるのはわたしのほうよ。しっしっ、行っちまえ」

ヘムレンおばさんはどなりながら、いちばん近くにいたニブリングの頭を、こうもりがさでたたきました。

ニブリングたちはいっせいにヘムレンおばさんのほうに目を向けて、あきらかにおばさんの鼻をにらんでいます。そうやって、長い時間見つめたあと、あのおしころしたようなうなり声が、またもやわき起こりました。それからは、あっというまのできごとでした。何千というニブリングの群《む》れが、船べりを乗《の》り越《こ》えておしよせたのです。

わたしたちは、ヘムレンおばさんが引っくり返ってこうもりがさをむちゃくちゃにふり回

しながら、ニブリングたちの背中《せなか》の、生きじゅうたんに乗せられて、つれていかれるのを見ました。おばさんは泣きさけびながら、船べりを越《こ》えてどこかに行ってしまいました。

静けさと平和がもどってきて、海のオーケストラ号はなにごともなかったように、パチャパチャと水をおしわけながら、先へ先へと進んでいきました。

「ところで、きみは助けに行かないのかい？」

と、ヨクサルが聞きました。

わたしの騎士精神《きしせいしん》は、すぐにおばさんを助けに行けと命令しました。でも、わたしの非良心的《ひりょうしんてき》な自然の本能《ほんのう》のほうは、そんなことをしなくてもいいといっていました。わたしは間にあわなかったのだとかなんとか、そんなことをもごもごつぶやきました。たしかに、本当に間にあわなかったのです。

フレドリクソンは、疑《うたが》っているようすでしたが、最後にいいました。

「なるほどねえ」

「おばさんは、行っちまったなあ」

ヨクサルもいいました。

「つまんない話さ」

と、わたしはいいました。

「ごめん。それ、ぼくのせいかも？　たしかにぼくは、だれか親切な人がおばさんをぱくりと食べてくれればいいなって願ったけど。おばさんのことをちっともかなしまないなんて、ぼくたち、わるいのかな」

こう、ロッドユールはまじめな顔でいいましたが、だれも答えませんでした。

読者のみなさん、あなたたちなら、こういうむずかしいときには、どうしますか。

わたしは、一度はおばさんを助けたのです。ニブリングはもともと性質《せいしつ》はおとなしいほうで、それにくらべれば、モランのほうがずっとわるいのです。ですから、おばさんにとっては、こんどのことはちょっとした気ばらしにでもなったかもしれませんよね。もし鼻が小さくなったら、おばさんは、かえってきれいになるかもしれませんし。みなさん、そうは思いませんか。

とにかく太陽は、かんかんと照っていました。わたしたちは、デッキのそうじをしました。デッキはニブリングたちの吸盤《きゅうばん》のついた足のおかげで、すっかりぬるぬるになっていたのです。

それからおいしく入れたこいコーヒーを、ミルクなしで、たくさん飲みました。海のオーケストラ号は、百の百倍もある小さな島々の間を、ぬうように進んでいきました。

「きりがないなあ。これからいったい、どこへ行くんだろう」

わたしがつぶやくと、パイプにたばこをつめていたヨクサルがいいました。

「いずれどっかへ行くだろうさ……。それともどこへも行かないのかもしれないぜ……。どっちでもいいさ。このままで、とてもたのしいじゃないか」

そうですとも、たのしいということには反対しませんが、わたしはそれではものたりなかったのです。なにかあたらしいことが起こるのを待ちこがれていたのです。なんでもいいのです、起こりさえすれば。ただ、ヘムレンさんだけはもうごめんでしたが。

どこかわたしのいないところで、大冒険《だいぼうけん》がつぎからつぎへと起こっているような気がして、しかたがありませんでした。二度とくり返されることのない、すばらしい冒険がですよ。わたしはいらいらして、とてもあせっていたのです。へさきの先っぽに立つと、ぼんやりと待ってはいられないぞというふうに、未来を見つめながら、今までの体験について考えてみました。気がついたことは七つありました。

1　ムーミンの子を産むときには、星の位置がいちばんいいときをえらぶように心がけ、その子が、この世へロマンチックなすがたで登場するようにしてやること。（よい例――わたしの能力《のうりょく》。わるい例――買いもの用の紙ぶくろ）

2　いそがしいときには、だれもヘムレンについての話を聞こうとはしない。（よい例――フレドリクソン。わるい例――はりねずみ）

3　なにが網《あみ》にかかるかは、だれにもわからない。（よい例――フレドリクソンの気圧計《きあつけい》）

4　ペンキがあまったというだけのことで、ものをぬりかえてはならない。（わるい例――ロッドユールの缶《かん》）

5　大きいからといって、危険《きけん》とはかぎらない。（よい例――竜《りゅう》のエドワード）

6　小さいからといって、おくびょうとはかぎらない。（よい例――わたし）

7　暗がりで人を助けるのはやめること。（わるい例――ヘムレンおばさん）

こういった意味の深い真実をあれこれ考えているうちに、船は最後の小島をめぐったようでした。そのときとつぜん、わたしの心臓《しんぞう》はのどまで飛び上がって、そこにくっついてしまいました。わたしはさけびました。

「フレドリクソン。海だぞ！」

やっとこさ、なにかが起こったのです。目の前には、青くきらきらと光る、冒険《ぼうけん》に満ちた海が広がっていたのでした。

「こりゃあ、大きすぎる」

こういってロッドユールは、缶《かん》の中にもぐりこみました。

「ごめん、目がいたくなって、なにがなんだかわからなくなっちゃった」

ヨクサルのほうは、うっとりしていいました。

「なんて青くてなめらかなんだろう。まっすぐに進もうぜ。波にゆられて眠《ねむ》るだけで、どこへも行きつかなくったっていいじゃないか」

「ニョロニョロみたいにね」

と、フレドリクソンがいったので、わたしは聞き返しました。

「なんだって？」

フレドリクソンの返事はこうでした。

「ニョロニョロ、だよ。あいつらはただ、ただよいつづけているんだ。いつまでたっても気の休まることがないんだね」

「そこが、あいつらとはちがうんだよ」

と、ヨクサルは満足そうにいいました。

「ぼくの心は休まりっぱなしだ。それにぼくは、寝《ね》るのが好きだ。ニョロニョロときたら、ぜったいに眠《ねむ》らない、というより眠れないんだ。話すこともできないしさ。あいつらは、いつも水平線にたどりつこうとしているんだ」

「それで、だれかたどりつけたものはいるの？」

わたしは身ぶるいしながらたずねました。

「それは、だれにもわからないのさ」

ヨクサルはこういって、肩《かた》をすくめました。

船は岩だらけの浜辺《はまべ》を前に、錨《いかり》を下ろしました。

今でもわたしは、そっと口の中で、

「岩だらけの浜辺を前に、錨を下ろした」

というだけで、背《せ》すじがぴんとのびるような気がします。生まれて初めて、わたしは、赤い岩や、すきとおったクラゲを見ました。クラゲはふしぎな小さい風船のように息をして、心臓《しんぞう》は花のような形でした。

わたしたちは、貝がらをひろいに、陸に上がりました。フレドリクソンは投錨地《とうびょうち》をたしかめるために上陸したのだといい張《は》っていましたが、内心では、貝に興味《きょうみ》を持っていたのだと思います。

崖《がけ》と崖の間に、とても小さいかくれた砂浜《すなはま》がありました。石ころがみんな、ボールか、たまごみたいにまるくてすべすべしていることに気がつくと、ロッドユールはたいそうよろこびました。いかにもものを集める人らしく、この上ない幸福感にあふれて、かぶっていたなべを頭から取ると、夢中《むちゅう》で石をひろいはじめました。

すみきった緑色の水の底で、砂は熊手《くまで》でかいたような、美しくて小さい波もようをえがいています。岩の上には、ぽかぽかと日があたっていました。風も凪《な》いで、もう水平線は消えていました。すべてが明るくすきとおった光につつまれていたのです。

あのころ、世界はとても大きくて、小さなものは今よりもっとかわいらしく、ささやかだったように思います。そのほうがわたしには心地《ここち》よいのですが、おわかりになりますか。

ちょうどそのとき、

(海にひきつけられるというのは、どうやらムーミン特有の性質《せいしつ》にちがいない)

という、きっと大切な考えが浮《う》かんできました。

それがむすこにも遺伝《いでん》しているのを見て、わたしはおおいに満足しているのです。

しかし、読者のみなさん、それよりもっとわたしたちをひきつけるのは浜辺であるということを、わすれないでくださいね。

ふつうのムーミンにとって、海のまん中では水平線がちょっとばかり遠すぎます。わたしたちはたいてい、てきとうに変化があって、気まぐれで、思いがけなく奇抜《きばつ》なものが、いちばん好きなのです。つまり、少しだけ陸で、いくらか水のある海岸とか、ちょっと暗くて、ほんのり明るい夕方とか、なんとなく寒くて、うっすらあたたかい春とかがね。

またもや夕方になってきました。夕闇《ゆうやみ》はゆっくりと、そっと広がっていって、なんだか昼間がたっぷり眠《ねむ》りにつける時間をくれようとしているみたいでした。まるでピンク色のホイップクリームをちぎってまいたような小さな雲が、西の空いっぱいに飛びちって、鏡のような海にうつっています。

海はおだやかで、危険《きけん》などはまるきりないように見えました。

わたしは聞きました。

「雲をすぐ近くで見たことがあるかい？」

「うん、本ではね」

と、フレドリクソンがいいました。

「ぼくは空のクリームケーキみたいなものだと思うな」

と、ヨクサルはいいました。

わたしたちは岩の上にならんですわりました。海草のにおいのほかにも、なにか気持ちの

Tove

いい海のにおいがしていました。

わたしはたのしくてたまらず、この時間がすぎていってしまわないかと心配する気持ちさえ起きませんでした。

「たのしんでる？」

わたしは聞きました。

「たのしんでるさ」

フレドリクソンは口の中でいって、とてもはずかしそうな顔をしました。

（彼《かれ》がとてもたのしくてたまらないんだ、とわかりましたっけ）

ちょうどそのとき、小船の大群《たいぐん》が、海の上にあらわれたのです。それは、まるでチョウのようにかろやかに、船の影《かげ》の上をすべっていきました。どの船にも小さな青白い生きものが、身をよせあって乗りこんでいましたが、みんなだまってすわって、海の向こうを見つめています。

「あれがニョロニョロさ。電気じかけで動くんだ」

と、フレドリクソンがいいました。

「ニョロニョロ？　ただひたすらただよっているだけで、いつまでたっても、どこへも行きつくことはないという……」

と、わたしは、興奮《こうふん》してつぶやきました。

「あいつらは、かみなりで充電《じゅうでん》するんだ。さわろうものなら、イラクサにふれたみたいに、やけどするぜ」

と、フレドリクソンがいいました。

「やつらは、わるいくらしをしているんだよ」

ヨクサルがつけくわえました。

「わるいくらしって、どういうのさ」

わたしが興味《きょうみ》を持って聞くと、ヨクサルはいいました。

「ぼくもよくは知らないけど、人のうちの野菜畑をふみ荒《あ》らしたり、ビールを飲んだりするんじゃないかな」


みんなで長いこと、ニョロニョロたちが水平線の彼方《かなた》へ進んでいくのを見ていました。わたしは、ニョロニョロたちのふしぎな旅についていって、そのわるいくらしというものを経験《けいけん》してみたいというおかしな気持ちになりました。けれども、口に出してはなにもいいませんでした。

急に、ヨクサルが話しだしました。

「それで、明日はどうするね？　海に出ようか」

フレドリクソンは、海のオーケストラ号を見やったあと、決めかねていいました。

「あいつは川船だからなあ。水車で動くだけなんだ。帆《ほ》もないし」

「じゃ、コイントスで決めよう」

ヨクサルはこういって、ロッドユールを呼《よ》びました。

「おい、ロッドユール、きみのボタンのコレクションを持って、ちょっとこっちへおいでよ」

ロッドユールは鉄砲玉《てっぽうだま》のように浅瀬《あさせ》から飛んできて、ポケットの中のボタンを岩の上にあけました。

「ボタンは一つでいいんだよ、甥《おい》っ子《こ》」

フレドリクソンが止めましたが、ロッドユールは得意になっていいました。

「さあどうぞ。二つ穴《あな》ですか。四つ穴ですか、骨《ほね》のですか、ベルベットのですか。それとも、木かガラスか金属《きんぞく》？　貝のですかね。無地のもあるし、派手《はで》なのも、水玉のもありますよ。ほかにも、ストライプか、チェック。どれがいいんです。まるいのか、へこんだのか、出っぱったのか、ひらべったいのか、八角か、あとは……」

「ふつうの、ズボンのボタンをくれよ」

と、ヨクサルがいいました。

「さあ、放り上げるぜ。表が上なら出発。さあ、どっちだ?」

「穴《あな》が上向き、ね」

と、ロッドユールはいって、うす暗がりの中で見ようと鼻をボタンに近づけました。

「さあ、どっちだ?」

わたしが聞いたとき、ロッドユールの動かしたひげが、ボタンにさわってしまい、ボタンはすべって、岩の割《わ》れ目《め》に落ちました。ロッドユールはあわてていいました。

「ごめんごめん。もう一つ出しましょうか」

「コイントスは、一度しかやらないものなんだ。あとは、なりゆきにまかせることにしよう。ぼくは眠《ねむ》くなった」

と、ヨクサルはいいました。

わたしたちは船の上で、ひどくふゆかいな夜をすごしました。ベッドの中に足をつっこむと、シーツがシロップみたいなもので、べとべとしていたのです。ドアの取っ手も、歯ブラシも、スリッパもぬるぬるでした。フレドリクソンの航海日誌《にっし》などは、開けられないほどです。

「おい、甥《おい》っ子《こ》。今日のそうじは、なんというざまだ」

フレドリクソンにいわれて、ロッドユールがもうしわけなさそうに答えました。

「ごめん、そうじなんかぜんぜんしなかったんです」

「たばこも、ぬるぬるだぞ」

ベッドでたばこを吸《す》うのが好きな、ヨクサルがいいました。

なにもかも、いやな感じでした。それでもわたしたちは気を取りなおして、いちばんぬるぬるしない場所を見つけ、体をまるめました。

けれども一晩中《ひとばんじゅう》、変な音になやまされました。その音は、どうも気圧計《きあつけい》の箱から聞こえるようでした。わたしは、船の鐘《かね》がいつもとはちがったあやしい音で鳴ったので、目をさましました。

ロッドユールが操舵室《そうだしつ》の外でどなっていました。

「起きてよ、見てよ。どこも水ばかりで、なにもないよ。ぼくはいちばんいいペン先ふきを、浜《はま》にわすれてきてしまった。ぼくのかわいいペン先ふきは、ひとりぼっちで、あの浜に置いてきぼりになって……」

わたしたちは、デッキに飛び出しました。

海のオーケストラ号は海の上を落ちつきはらって、いかにもどこかをめざしているみたいに、水車をパチャパチャ鳴らしながら走っていました。まるで、なにかにつき動かされるかのようです。

今でもわたしは、ななめに組み合わさった歯車がどうしてこのように前へ進む力を起こすのか、わかりません。流れている川ならまだわかりますが、海の上を進むともなると、どうにもふしぎです。しかし、いずれにせよ、ものの見方はぜったい的なものではありません。ニョロニョロたちが自分の電気で進むことができるのなら――人によってはこのことを、あこがれのせいだとか、落ちつきがないためだとかいいますが――船が歯車二つだけで動くとしても、ふしぎはないでしょうね。まあ、それはさておき、わたしは、フレドリクソンのところへ行きました。彼《かれ》はしかめつらをして、ちぎれた錨《いかり》づなを見つめています。

「ぼくは怒《おこ》ってるんだぞ。うんと怒っているんだ。今まで、こんなに怒ったことはないよ。錨づながかじり切られているじゃないか」

フレドリクソンがいいました。わたしたちは、顔を見合わせました。

「ぼくの歯がすごく小さいことは、きみたちの知ってるとおりさ」

わたしがいうと、ヨクサルもつづきました。

「ぼくはこんな太いつなを、かじり切るほど働きものじゃないぜ」

「ぼくじゃないよ！」

と、ロッドユールもさけびましたが、彼《かれ》についてはもちろん、とがめる必要はありませんでした。

なにしろ、ロッドユールがうそをつくのを聞いたものはなかったからです。たぶん想像力《そうぞうりょく》がたりないのでしょうけど、コレクションの数だってオーバーにいったことがないので、みんなから信用されていたのです。

とつぜん、軽いせきばらいの音が聞こえました。ふり返ってみると、とても小さなニブリングが一ぴき、日よけテントの下にすわって、目をぱちぱちしていたではありませんか。

「なるほど。うむ、なるほどね」

フレドリクソンのことばを聞いて、その小さいニブリングがはずかしそうにいいました。

「ぼく、あたらしい歯が生えるところなんだ。だからとにかく、なにかかじらなくちゃならなかったの」

「だけど、なんだってまた、錨《いかり》づななんぞかじったのかね？」

と、フレドリクソンがたずねました。

「あのつなはとっても古そうだったから、かじってもかまわないと思ったの」

ニブリングが答えました。

「どうして、船の中にいたんだ？」

わたしが聞くと、ニブリングは正直に答えました。

「わかんないよ。急に思いついたの」

「じゃあ、どこにかくれていたのさ？」

こんどはヨクサルがいいました。

「あのすばらしい気圧計《きあつけい》の箱の中だよ」

どうりで、気圧計の箱の中も、ぬるぬるになっていました。面くらいながらも、最後にわたしはいいました。

「ねえ、ニブリングくん。きみがいなくなったことを知ったら、きみのママはなんていうかな？」

「泣くでしょうよ」

と、ニブリングは答えたのでした。

4章

わたしたちの海の旅が、大嵐《おおあらし》によって最高潮《さいこうちょう》に達したこと。そしてそれが、おどろくような形でおわったことを述《の》べます。

海のオーケストラ号は、ひとりぼっちで、大海原《おおうなばら》をまっすぐ進んでいきました。来る日も来る日も波にゆられ、日に照らされて、うつらうつらと青一色のながめを見ているばかりでした。

船首の前のほうでは、海おばけの群《む》れが、入りみだれて泳いでいました。また船が通った後の白い波の中では、人魚たちがくすくす笑うように尾《お》をふっていたので、わたしたちは、オートミールを投げてやりました。海が夜につつまれるころになると、わたしがフレドリクソンにかわって舵《かじ》を取ることもありましたが、これはほんとにたのしみでした。

月の光をあびたデッキが、目の前で上がったり、下がったりします。静けさと、たえまなくゆらめく波と雲、水平線のおごそかに美しい弓なりの線、こういったものがすべて、わたしの心を気持ちよく張《は》りつめさせました。そして、自分がとても重要なものであり、また同時にとてつもなくちっぽけでもあるという感じを受けるのでした。

ある晩《ばん》、パイプの火が、闇《やみ》の中で光るのが見えました。すると、ヨクサルが手さぐりで後ろのデッキにやってきて、わたしのそばにすわりました。

「なにもしないでいるって、いいことだなあ。きみもわかったろう」

ヨクサルはこういいながら、パイプを船べりでたたいて、灰《はい》を落としました。

「だけど、ぼくたち、なにもしていないわけじゃないよ？　ぼくは舵《かじ》を取っているし、きみはパイプを吸《す》っているし」

と、わたしはいいました。

「どこへ向かって、舵を取っているのやら」

「それは別問題だよ」

そのころ、わたしはもう、理屈《りくつ》にかなり強くなっていたのです。

「ぼくたちが話しているのは、なにかをやっているかいないか、ということだぜ。なにをしているかではないんだ。ところで、予感のほうはどう？」

と、わたしは、少し不安になってたずねました。

「なにもないね。ふっ、へっ、どこへ行こうと、ぼくの知ったこっちゃないさ。どこだってけっこうだよ。じゃ、おやすみ」

こういってヨクサルは、あくびをしました。

「おやすみ」

と、わたしもいいました。

フレドリクソンが夜明けに舵取《かじと》りの交代にやってきたとき、わたしはついでに聞いてみました――。

「ヨクサルがあんなに無関心なのは、おかしいと思わないか？」

フレドリクソンの返事はこうでした。

「ふむ、もしかしたらまるっきり反対で、ヨクサルはあらゆることを気にかけているのかもしれないよ。落ちつきはらって、ほどほどにね。

ぼくたちは、一つのことばかり考えてしまうんだなあ。きみはなにかになりたがってる。ぼくはなにかを作りたいし、ぼくの甥《おい》は、なにかをほしがっている。それなのにヨクサルは、ただ生きようとしているんだ」

「生きるなんて、だれにだってできるじゃないか」

と、わたしはいいました。

「ふむ」

と、フレドリクソンはいったきり、いつもと同じようにだまりこくって、ノートに夢中《むちゅう》になっていました。ノートには、クモの巣やこうもりのような、ふしぎな機械のしくみがいっぱいかいてありました。

いずれにせよ、わたしにはヨクサルの態度《たいど》は、だらしがないように思えました。つまり、生きるだけ、というのがです。

生きるということは、あたりまえのことです。わたしの見方からすれば、わたしたちのまわりには、いつも重要で意義深《いぎぶか》いものごとが、ごろごろしている。それを体験し、考え、そうして、それを自分のものにしなければならない。あんまりやりたいことが多いので、考えるだけで、ぞくぞくと首すじの毛が逆立《さかだ》つ思いがします。そうして、その中心にはわたし自身がいて、いちばん重要なのはもちろん、わたしです。

この年齢《ねんれい》になってみると、もう可能性《かのうせい》がたくさんは残っていないということが、わたしの心配のたねです。これは、どういうわけでしょう。しかし、今でもわたしがすべての中心にいるということは、なぐさめにはなります。

それはともかく、ロッドユールがお昼まえに、ニブリングのママに電報《でんぽう》を打とうといいだしました。

「あいつらには、住所がないよ。それに電報局《でんぽうきょく》だってありはしないさ」

と、フレドリクソンはいいました。

「そうか。なんてぼくはばかだったろう。ごめん」

ロッドユールはこういうなり、はずかしそうに、また缶《かん》の中にもぐりこんでしまったのです。

「電報局ってなによ。それ、食べられるもの？」

缶の中でロッドユールと同居《どうきょ》していたニブリングが、聞きました。

ロッドユールは答えました。

「ぼくにそんなこと、聞かないで。なにか大きくて変なものだよ。そいつは小さなサインを、地球の反対側までも送るものなんだ……すると向こう側で、それが字になるのさ」

「どうやって送るの？」

「空に飛ばすんだ。しかも、一字も落っこちないんだぜ」

ロッドユールはあいまいに説明すると、腕《うで》をばたばたやりました。

「そうなんだ」

と、ニブリングはおどろいていました。そして、まる一日、電報のサインが見えやしないかと、首をのばして、空を見上げてすわっていましたっけ。

三時ごろ、ニブリングは大きな雲を見つけました。雲はとても低いところを進んできましたが、白いチョーク色をしており、わた毛のようにふわふわで、なんだか作りものみたいでした。

「絵本の雲みたいだ」

フレドリクソンがつぶやいたので、わたしはびっくりして聞いてみました。

「きみ、絵本を読んだことあるの？」

「もちろんさ。『大航海《だいこうかい》』という本だったね。ぼくが船をつくるようになったのは、そのせいだよ」

と、フレドリクソンはいいました。

雲は風上に向かって、船の上を通りすぎてから、止まりました。するととつぜん、なんとも不気味な、ふしぎなことが起こりました。雲が向きを変えて、わたしたちの後を追いかけだしたんです。

「ごめん。ところで、雲って人なつこいの？」

ロッドユールが、心配そうに聞きました。

しかし、だれもこの問いに答えることは、できませんでした。雲は船尾《せんび》から流れてきて、

急に速度を速めたかと思うと、船べりを越《こ》えて、すとんとデッキに下り、ロッドユールの缶《かん》をすっぽりつつんでしまいました。それから心地《ここち》よい場所を探《さが》して船べりから船べりまで転がると、まるまりました。しっぽにかけていいますが、つぎの瞬間《しゅんかん》、このふしぎな雲は、わたしたちの目の前で眠《ねむ》ってしまったのです。

「こんなのって、きみ、見たことがあるかい?」

と、わたしはフレドリクソンに聞きました。

「ないね」

フレドリクソンは、はっきり答えました。しかも、いかにも気に入らない、というふうにです。

ニブリングが出てきて、雲をかじるとママが持っていた消しゴムみたいな味がする、といいました。

ヨクサルは、雲にくぼみをこしらえて、そこにもぐりこみました。すると雲は、まるでわた毛のふとんのように、ふんわりと彼《かれ》をつつんでしまいました。雲はどうやら、わたしたちのことが気に入ったらしいのです。

しかし、このふしぎなできごとのせいで、航海はいよいよやっかいになりました。

その日のちょうど日の入りまえ、空もようがおかしくなってきました。空は黄色でしたが、明るい黄色ではなく、きたない色で、まるでばけものみたいな感じでした。水平線に近いところには、黒い雲が不吉《ふきつ》そうに群《むら》がってきました。

わたしたちはかたまって、前デッキの日よけの下にすわっていました。ロッドユールとニブリングは、雲の中からやっと缶《かん》を見つけて引っぱり出すと、まだ雲の広がっていない船尾《せんび》のほうへ、転がしていきました。

海はすすけた太陽の下で黒ずんだ灰色《はいいろ》になり、風は不安をかき立てるように、マストのロープを鳴らしました。海のおばけや人魚たちは、吹《ふ》きはらわれてしまったようでした。

わたしたちは、どうにも気が沈《しず》んでしまいました。フレドリクソンがわたしのほうを見て、いいました。

「きみ、ちょっと気圧計《きあっけい》を見てきてくれないか」

わたしは雲の上をはっていって、やっとのことで、操舵室《そうだしつ》のドアをおし開けました。おどろいたことに、気圧計の針《はり》は六七〇に下がっていました。無水銀気圧計としては、最低の目《め》盛《も》りです。

わたしは、鼻づらがきゅっと緊張《きんちょう》でかたくなるのを感じました。たぶん、顔はまっ青になっていたと思います。シーツのようなまっ白かもしれないし、それとも灰《はい》のようなねずみ色かもしれません。よく本に書いてあるけれど、わたしの場合は、どうだったでしょうか。（おもしろいぞ）と、わたしは思いました。そこで、いそいで船尾《せんび》に行ってさけびました。

「ぼく、シーツみたいに青ざめてないかい？」

「いや、いつもと同じだよ。ところで、気圧《きあつ》はどうだった？」

と、ヨクサルがいいました。

「六七〇だよ！」

わたしは答えましたが、みなさんもおわかりのように、ちょっときずついていたのです。一生ものの劇的《げきてき》クライマックスとでもいうべき重大事が、ごくつまらないひとことで、ぶちこわされてしまうことは、ちょいちょいあるものです。わる気はないにしても、なんと考えがたりないのか、というほかはありませんね。

わたしは思うのですが、不気味な状態《じょうたい》というものは、できるだけ大げさに受けとめるべきです。一つには、まえにもいったとおり、その場の状態をもりあげるのに役立ちます。また、おそろしいものというのは大げさに考えると、かえって恐怖心《きょうふしん》は小さくなるのです。さらに、自分のことを人に強く印象づけるのは、たのしいことですからね。でも、こんな考え方は、もちろんヨクサルなんぞにわかるはずはありません。知性《ちせい》というものは、だれにも同

じようにあたえられているわけではないんです。もちろん、ヨクサルの暗い運命を疑《うたが》ったりするのは、わたしの役目じゃありませんがね。

フレドリクソンは、その間も耳をぴくぴくさせたり、鼻を風に向けたりしていましたが、海のオーケストラ号を愛情《あいじょう》のこもった心配そうな目で見ながらいいました。

「この船はがんじょうにできてるから、だいじょうぶだ。ロッドユールとニブリングは、缶《かん》の中に入って、ふたを閉めていなさい。これから嵐《あらし》が来るぞ」

「今までに、嵐にあったことがあるの?」

わたしは、そっと聞いてみました。

「もちろんさ」

と、フレドリクソンは答えました。

「絵本の中でね。『大航海』の中に出てくるよりも大きな波なんて、ありっこないと思うよ」

みるみるうちに、嵐《あらし》がやってきました。本当の嵐らしく、とつぜんおそってきたんです。海のオーケストラ号は最初、ふいをつかれて転覆《てんぷく》するかと思えましたが、すぐに立ちなおって、荒《あ》れくるう自然の猛威《もうい》の中を、ぐんぐん進んでいきました。

でも、日よけテントは木の葉のように吹《ふ》き飛《と》ばされて、海の上をひらひら飛んでいってしまいましたっけ。とてもいい日よけでしたがねえ、だれかがひろって、よろこんでくれるといいんですが……。

ロッドユールの缶《かん》は、船べりにはさまってしまって、海のオーケストラ号が波の谷間に落ちこんだり、またつぎの波頭《なみがしら》に乗ってゆれながら上ってくるたびごとに、ボタンや、ガーターのゴムや、缶切りや、くぎや、ガラス玉やらが、ガラガラと音を立てました。ロッドユールが気持ちわるくなったといってさけびましたが、だれも助けてやることはできませんでした。わたしたちは、手あたりしだいのものに必死でつかまって、おそろしさにぶるぶるふるえながら、暗い海を見つめていました。

太陽はかくれました。水平線も消えてしまいました。なにもかもがそれまでとはちがって、ものすごいすがたとなり、敵意《てきい》を抱《いだ》いているようでした。波頭が猛獣《もうじゅう》のようにうなりながら、わたしたちのそばを通りすぎていきました。船べりの向こうは底なしの暗闇《くらやみ》で、わけのわからないものがうごめいています。

とつぜんわたしは、自分が海のことも船のことも、なにも知っちゃいないということに、気がつきました。フレドリクソンを呼《よ》びましたが、いくら大声を出してもとどきませんでした。わたしはひとりぼっちで、だれに助けてもらうこともなく、劇的《げきてき》なクライマックスに直面していたのです。

読者のみなさん、この時わたしはそのこわさを、大げさにはあらわしませんでした。見物客でもいれば、どれほどおそろしいかを大げさに表現《ひょうげん》しますけど、たったひとりでしたしね。

わたしはいそいで、目の前の恐怖《きょうふ》を小さく考えることにしました。目をつぶって、自分はちっぽけなものだというふりをしていれば、だれもわたしがいることに気がつかないで、通りすぎてくれるかもしれませんからね。

そこで目をつぶって小さくなって、何度も何度も、自分はなんでもないんだと、自分にいい聞かせました。ぼくはちっぽけなんだ。ぼくは今へムレンさんの庭のブランコに乗っていて、もうじき家に入って、オートミールを食べるんだ、なんて……。

「おい、こりゃちっこいぜ」

と、フレドリクソンが、嵐《あらし》の中でどなりました。

わたしはその意味を、とっさにはつかめませんでした。

「うん、ちっこいな。絵本のよりは、よっぽど小さい波だ」

と、フレドリクソンはさけんでいました。

けれどもわたしは、フレドリクソンの絵本の中の波を見たことはありませんから、なおもつづけて目をつぶり、ヘムレンさんの庭のブランコをしっかりにぎっていることにしました。これはなかなかききめがありました。しばらくすると、ほんとにブランコにゆられているように感じて、嵐《あらし》は消え、危険《きけん》を感じなくなったのです。

そこで目を開けたとたん、おどろくべき光景に出くわしました。海のオーケストラ号が、大きな白い帆《ほ》でぐんぐん空高く上り、ゆらゆらと飛んでいるではありませんか。はるか下のほうでは、まだ嵐がつづいて、黒い波がさかまいていました。しかし、上から見ると、そんなのは小さいおもちゃの嵐で、わたしたちには関係がないように見えました。

「飛んでる。飛んでるんだぜ！」

フレドリクソンは大声をあげました。わたしとならんで船べりに立ち、マストのロープについている大きい風船のような白い雲を見上げています。

「どうやって、雲をあんな上まで、引っぱり上げたの？」

「自分で上っていったんだ。空飛ぶ船だ」

フレドリクソンはわたしの問いかけに答えるなり、考えこんでいるようでした。

だんだん、夜《よ》が明けてきました。空は灰色《はいいろ》で、とても寒く感じましたが、ヘムレンさんの庭のブランコにかくれようとしたことなどは、わすれてしまいました。こうして安心すると、またもや好奇心《こうきしん》が出てきて、たまらなくコーヒーが飲みたくなりました。

本当にひどい寒さです。わたしはそっと手足をふってみて、しっぽと耳も調べてみましたが、嵐《あらし》にやられたところはありません。

ヨクサルもそこにいました。彼《かれ》はロッドユールの缶《かん》の後ろにすわり、パイプに火をつけようとしていました。

しかし海のオーケストラ号は、あわれなすがたになっていました。マストは折れ、水車もなくなって、ロープの切れっぱしが情《なさ》けない音を立てていました。船べりは数か所へこんで、デッキには海草や板きれがいっぱいちらばり、海おばけも何びきかのびていました。いちばんざんねんなのは、操舵室《そうだしつ》の金の屋根かざりがなくなっていたことです。

わたしたちの雲は、少しずつしぼんで、船は海に向かって下りていきました。東の空が赤くなるころ、わたしたちは嵐のあとの波のうねりにゆさぶられていました。ロッドユールの缶の中では、ボタンがガラガラ鳴っています。絵本の白い雲のようなものは、またもやデッキいっぱいに広がって、眠《ねむ》ってしまいました。

そのときフレドリクソンが、もったいぶった調子でいいました。

「親愛なる乗組員諸君《しょくん》。われわれは嵐《あらし》を乗りきった。甥《おい》っ子《こ》を缶《かん》から出してやってくれたまえ」

わたしたちがふたを開けてやると、ロッドユールはまっ青な情《なさ》けない顔をしてあらわれて、つかれはてた声を出しました。

「ああ、ボタンの神さま。こんなに気持ちがわるくなるなんて、いったいぼくがなにをしたというんでしょう。おそろしい世の中です。なんとつらいことでしょう。ほら、この中のぼくのコレクションを見てよ。なんということだろう」

ニブリングも出てくると、風に向けて鼻を鳴らしていましたが、急にいいました。

「ああ、おなかがすいた」

「ごめん。だけどごはんのしたくなんて考えるだけで……」

ロッドユールに、わたしはやさしくいってやりました。

「安心しろ。ぼくが作るから」

操舵室《そうだしつ》に向かうとちゅう、きずだらけの船《ふな》べり越《ご》しに海のほうを見ながら、わたしは考えました。

（さあ、これでおまえのことは、みんなわかったぞ。船のことも、雲のことだって。このつぎの嵐のときには、目をつぶって小さくなったりなんかしないぞ）

コーヒーの用意ができたころには、太陽がもう高くのぼっていました。お日さまはおだやかなやさしい光を冷えたおなかに投げかけて、わたしの勇気をふるい立たせてくれたのです。

わたしは、あの歴史的な脱出《だっしゅつ》のあと、初めて自由を手にした日に見た日の出と、砂地《すなじ》に家を建てた日の朝の日の光を、よくおぼえています。わたしは八月に、ライオンと太陽という名誉《めいよ》あるしるしの下《もと》で生まれ、星がさだめる冒険家《ぼうけんか》の道をたどるように、運命づけられているのです。

嵐《あらし》なんて、なんでもありません。そのあとの日の出を、いちだんと美しく見せるのが、嵐の意味かもしれません。操舵室《そうだしつ》の金の屋根かざりなんか、あたらしくすればいいんです。わたしはコーヒーを飲みながら、にこにこしていました。

そこで、ページがめくられて、わたしの一生は、あたらしい章をむかえようとしていたのです。

行く手に陸地が見えました。大海の中にぽつんと浮《う》かんだ大きなはなれ島です。初めて見る海岸線の堂々としていること！

わたしは逆立《さかだ》ちして、さけびました。

「フレドリクソン、またなにか起こるぞ！」

ロッドユールは、とたんに気分のわるいのがなおり、上陸にそなえて、缶《かん》の中をかたづけだしました。ニブリングは興奮《こうふん》のあまり、自分のしっぽをかんでいます。フレドリクソンは、まだ残っている金具をどれもきちんとみがくようにと、わたしにいいつけました。もちろんヨクサルは、なにもしていません。

船はまっすぐに、初めて見る陸地に向かって進んでいきました。高い丘《おか》の上には、なんだか灯台のようなものが見えてきました。その塔《とう》は、かすかに右左にゆれていました。おどろくべき現象《げんしょう》です。しかし、わたしたちはいそがしくて、そんなことを気にするひまがありませんでした。

海のオーケストラ号が丘のふもとの浜辺《はまべ》にすべりこんでいったとき、みんなは身なりをととのえ、しっぽにブラシをし、歯もみがいて、船べりにならんでいました。

そのとき頭の上のほうから、かみなりみたいな声が、おそろしいことばを投げ落としてきました。

「やい、おまえらがフレドリクソンとその悪党《あくとう》どもでないとは、いわせないぞ。やっとこさ、つかまえたわい」

一巻《いっかん》のおわりです。竜《りゅう》のエドワードでした。しかも、エドワードはものすごく怒《おこ》っています。

「わしの若《わか》いときには、こんなことがあったのさ」

ムーミンパパはノートを閉《と》じながらいいました。

「もっと先を読んでよ。それからどうなったのさ。竜《りゅう》は、みんなをふみつけはしなかったの?」

と、スニフがいいました。

ムーミンパパは、思わせぶりないい方をしました。

「それはつぎのおたのしみだよ。おもしろかっただろう。本を書くときには、こうやって最高にもりあがったところで章を切るのが、コツというものさ」

この日ムーミンパパは、むすこやスナフキンやスニフたちといっしょに、砂浜《すなはま》にすわりこんでいたのです。パパがおそろしい嵐《あらし》の話をしている間、みんなの目は、海のほうに向けられていました。海では、夏のおわりのざわめくさざ波が、浜辺に向かっておしよせています。

みんなは、海のオーケストラ号がパパたちを乗せて、嵐の中をゆうれい船のように飛んでいくようすを、まざまざと見たような気がしました。

「ぼくのパパは缶《かん》の中で、どんなに気分がわるかったことだろう」

スニフが、つぶやきました。

「ここは寒いな。歩こうか」

ムーミンパパがいったので、みんなは海草をふみながら、風を背《せ》にしてみさきのほうへ歩きだしました。

「おじさん、ニブリングみたいな声、出せる？」

と、スナフキンが聞きました。

ムーミンパパはやってみました。

「だめだ。うまくいかん。もっと、鉄管の中から聞こえてくる音みたいじゃなけりゃ」

「だけど、ちょっと似《に》てたと思うよ。パパはそのあとで、ニョロニョロたちと逃《に》げたんじゃない？」

と、ムーミントロールが聞きました。

するとパパは、はずかしそうにいいました。

「まあね。そんなこともあったかな。だが、それはずっとずっとあとのことだよ。でもそのことは、本には書かないつもりだ」

「あってもいいと思うけどなあ。おじさんはのちのち、わるいくらしというのをしたんでしょ？」

と、スニフがたずねました。

「だまってろ」

ムーミントロールがさえぎると、パパはいいました。

「〇〇〇さ！　おや、あそこに、なにか流れついてるぞ。ちょっとひろってきてごらん」

みんなは、走っていきました。

「なんだろうな」

と、スナフキンがいいました。

それは大きくて、重く、たまねぎみたいなかっこうをしていました。海草や貝がたくさんついているところを見ると、長い間、海の上をただよっていたものにちがいありません。ひびわれた木のところどころに、まだちょっと金の色がついていました。

ムーミンパパは、両方の手で木のたまねぎを取り上げて、ながめていました。

そのうち、目をまんまるにすると、片手でその目をおおって、息をつきました。

「おまえたち」

ムーミンパパはもったいぶった、少しつまった声で切り出しました。

「おまえたちが目の前にしているのは、海のオーケストラ号の操舵室《そうだしつ》についていた屋根かざりだよ」

「そうなの！」

ムーミントロールは感心していました。

そしてパパは、あふれる思い出で胸《むね》をいっぱいにしながらいいました。

「さあ、あたらしい章に取りかかるぞ。この再《さい》発見《はっけん》については、ひとりで考えてみよう。みんなはどうくつにでも行って遊んでおいで」

それからムーミンパパは、片方《かたほう》の腕《うで》に金のたまねぎかざりを、もう一方に思い出の記のノートを持って、みさきの先へ向かって歩いていきました。

「わたしだって、若《わか》いころは、ムーミントロールぐらいの元気はあったさ。今だって、まだおとろえちゃいないぞ」

と、ひとりごとをいいながら、たのしそうな足取りで。

5章

わたしの頭のよさをちょっと証明《しょうめい》したあとで、ミムラ一家のこと、それから、びっくり大会で王さまからすばらしい名誉賞《めいよしょう》をさずけられたことを述《の》べます。

竜《りゅう》のエドワードはわたしたちの上にすわってしまうつもりだったのだと、今でもわたしは断言《だんげん》できます。そして、エドワードは涙《なみだ》を流して立派《りっぱ》なお葬式《そうしき》をし、良心の呵責《かしゃく》をはらいきよめたに、ちがいありません。さらにそのかなしい話も、あっというまにわすれてしまって、またエドワードを怒《おこ》らせただれかさんの上に、すわってしまったことでしょうよ。

いずれにしてもこのときは、いよいよ最後という瞬《しゅん》間《かん》に、いい考えが浮《う》かんだのです。あの例のカチッという音が聞こえたとたん、考えがまとまりました。

わたしは、ためらうことなくこの荒《あ》れくるう山に立ち向かっていき、落ちつきはらっていったのでした。

「おじさん、こんにちは。また会えてよかったね。ところで、おじさんの足はまだいたむの？」

「そんなことを、よくもこのおれに聞く勇気があるな。ミジンコやろうめ。もちろん、足はまだいたむし、それにおしりもな。ぜんぶ、おまえたちのせいだぞ」

と、竜《りゅう》のエドワードがどなりました。

わたしは、いっそう気持ちを落ちつけていいました。

「それだったら、おじさん、ぼくたちの持ってきたおみやげが、なおさらお気にめすでしょうよ。ふわふわのカモの羽毛《うもう》で作った、竜の寝《ね》ぶくろですよ。かたいものの上に、どすんとすわってしまった竜のために、特別にこしらえた品ですよ」

「寝ぶくろだって？　カモの毛だと？」

エドワードは、目を細めてわたしたちの雲を見下ろしながらいいました。

「おまえたちは、また、おれをだますんだな。このいまいましい、台所ブラシめ。寝ぶくろには、きっと岩がつめこんであるんだろ。え？」

そういいながら、エドワードは雲を岸に引き上げ、疑《うたが》い深《ぶか》そうに、鼻づらでかぎ回りました。

「エドワード、すわってごらんよ。やわらかくて気持ちがいいぜ」

と、フレドリクソンがいいました。

「おまえは、あのときもそういったぞ。やわらかくて気持ちがいいってな。それで本当はどうだった？　ぎざぎざのがちがちの石だらけのごつごつのでこぼこさ……」

竜《りゅう》のエドワードは、雲に腰《こし》かけました。とたんに、なにか考えこむように、だまってしまいました。

「どうですか」

わたしたちは、どきどきしながら聞きました。

「ううむ」

気むずかしい声でうなってから、エドワードはいいました。

「どうやら、かたくはなさそうだな。おれは、もうしばらくここにすわってみてから、おまえたちをやっつけるかどうか、決めることにする」

しかし、竜のエドワードの決心がついたころには、わたしたちは、とっくに、そのあぶない場所をはなれていたのです。もう少しで夢《ゆめ》も希望も消え去って、幕切《まくぎ》れとなるところでしたっけ。

やっとのことでわたしたちは、見知らぬ島の奥深《おくふか》くに入ってきました。そこは、見わたすかぎり草におおわれたまるい丘《おか》があるだけでした。どうやら、まるい丘の国のようです。緑色の丘の上には、低い石がきがうねうねとはてしなくのびていました。これはたいへんな仕事だったにちがいありません。

しかし、ところどころに建っている家は、たいてい草ぶきで、ムーミンから見ればとてもそまつなものでした。

「どうして、こんなに石がきをつくったんだろう。だれかを閉《と》じこめているのか、はたまた自分を閉《し》めだしているのかな。それにしても、住民はみんなどこへ行ってしまったのだろう」

ヨクサルがふしぎがりました。

まったく、あたりはしいんとしていて、人の気配なんか、まるで感じませんでした。こういうときは、わたしたちがあった嵐《あらし》のことなどを聞きたがって、人々がわんさとおしよせ、感心したり同情《どうじょう》したりするものなんですが、人っ子ひとり、すがたを見せないのです。

わたしはがっかりしました。ほかの連中もそうだったろうと思います。

ところが、ある小さな家の横を通りかかったとき、中からくし笛を吹《ふ》く音が、はっきりと聞こえてきました。その家は、ほかの家よりもいちだんとそまつに見えます。わたしたちは、四回もドアをたたいたのですが、だれも開けてくれません。

「ごめんください、だれかいませんか」

フレドリクソンが呼《よ》びかけると、中から小さな声が答えました。

「はあい、だれもいませんよ」

「おかしいね。そんなら、中で返事をしているのはだれですか」

わたしがいうと、また声が聞こえてきました。

「ミムラのむすめよ。だけど、さっさとあっちへ行ってちょうだい。ママが帰ってくるまでは、だれにもドアを開けるわけにはいかないのよ」

「それじゃ、ママはどこへ行ったんだね」

フレドリクソンがたずねました。

「ママは園遊会に行っているわ」

と、小さな声はかなしそうにいいました。

「きみは、どうしてつれていってもらえなかったの？　小さすぎるの？」

ロッドユールがいきおいこんで聞くと、ミムラのむすめは泣きだしてしまいました。

「あたし、のどがいたいのよ。ママは、ジフテリアだろうって」

「ドアをお開けよ。きみののどをみてやろう。こわがることはないよ」

フレドリクソンが、やさしくいうと、ミムラのむすめはドアを開けました。むすめはウールのショールを首にまいて、目を赤くはらしていました。

「さあ、みてあげよう。口を開けて、ああといってごらん」

「発疹《はっしん》チフスか、コレラかもしれないって、ママがいってたわ」

と、ミムラのむすめは、顔をくもらせました。

「あ、あ、あー！」

「発疹はないね。いたいかね？」

フレドリクソンは聞きました。

「ものすごく。今にあたしののど、ふさがってしまうわ。そうしたら、息をすることも、食べることも、話すこともできなくなるのね」

「さあ、寝《ね》なさい」

と、フレドリクソンはびっくりしていいました。

「すぐに、きみのママをつれてきてあげるからね」

「やめて！　お願い」

むすめが声をあげました。

「本当は、だましただけなの。あたし、病気なんかじゃないわ。あたしがあんまりわるい子だったから、ママはお手上げになっちゃって、園遊会につれていってくれなかったの」

「だましたって？　なんでまた」

フレドリクソンは、あっけにとられています。

「少したのしくしようと思っただけ。あまりにも、つまらないいんだもの」

ミムラのむすめが、また泣きだしました。

「この子をつれて、その園遊会に行ってみようじゃないか」

ヨクサルがいいだしました。

「だけど、ミムラは怒《おこ》るんじゃないの」

こうわたしが聞くと、

「怒《おこ》るもんですか」

といって、ミムラのむすめは大よろこびでした。

「だって、ママは外国の人が大好きだし、あたしがわるい子だったのも、もうわすれたにちがいないもの。ママってば、なんでもすぐわすれるんだから」

小さなミムラのむすめは、ウールのショールを首から取ると、あっというまに外へ飛び出してさけびました。

「さあ、大いそぎよ。王さまはとっくに、びっくり大会を始めているはずだもの」

「王さまだって？　本物の王さまかい？」

わたしは、びっくりしてしまいました。

「本物のかって？」

と、ミムラのむすめはいいました。

「本物も本物。王さまは独裁者《どくさいしゃ》で、しかもこの世でいちばんえらいのよ。今日は王さまのお誕生日《たんじょうび》で、百さいになるの」

「ぼくに似《に》ているかな」

わたしは小声でたずねました。

「いいえ、ちっとも。どうしてあんたに似《に》てなきゃいけないの？」

ミムラのむすめは、あきれたように聞きました。わたしは、なにかぶつぶつ口の中でいって、顔を赤くしました。もちろん、少しせっかちすぎたのです。というのは、わたしはちょっと王さまになったような気持ちでいたからです。

それはともかく、王さまにお目にかかれるわけですし、場合によっては、王さまと話ができるかもしれません。

王さまというものは、まったく特別なものですね。えらくて、気品があって、近づくことができないんです。ふつうわたしは、人のことなんかに感心しませんよ（フレドリクソンだけは例外かもしれません）。しかし王さまは、自分をべつに小さくしなくとも、尊敬《そんけい》できる相手なんです。これはすてきなことではありませんか。

ミムラのむすめは、丘《おか》を越《こ》え、石がきを飛び越えて、走っていきました。

「ねえきみ、どうしてこんなに石がきがたくさんつくってあるんだい。だれかを閉《と》じこめるため？　それとも自分を閉《し》めだすため？」

こうヨクサルが聞くと、ミムラのむすめは、

「あら、特別の意味があるわけじゃないわよ。あたしたち、石がきをつくるのがたのしみなの。石がきをつくるときは、お弁当《べんとう》を持っていって、まるでピクニックみたいにするのよ。

あたしのママの弟なんか、十七キロメートルもつくったんだから。あんたたち、おじさんに会ったら、きっとびっくりするわ」

といって、さもたのしそうに笑いました。

「おじさんはありとあらゆる文字や単語を、前からも後ろからも研究して、完璧《かんぺき》にわかるまで、石がきのまわりをぐるぐる回るの。長くて複雑《ふくざつ》なことばになると、何時間もかかることがあるわ」

「たとえば、ガルゴロジムドントローグとか」

と、ヨクサルがいいました。

「それなら、アンティフィリフレンスコンスムシューンはどうだい」

といったのは、わたしです。

「まあ、そんなに長かったら、おじさんはそこで野宿しなくちゃ。夜になると、おじさんは自分の赤ひげにくるまるのよ。ひげの半分をかけぶとんにして、あと半分をしきぶとんにするの。昼間はひげの中に、小さい白ねずみを二ひき住まわせてるわ。あんまりかわいいいんで、家賃《やちん》はただなんだって」

「ごめん。だけど、この子また、でたらめいってるよね？」

と、ロッドユールがいいました。

「あたしの弟や妹たちも、信じていてよ。十四、五人いるけど、みんなそう思っているわ。あたしがいちばん年上で、いちばん頭がいいの。さあ、ついたわ。ママには、あなたたちがあたしをだましてつれてきたんだ、っていってね」

「ママは、どんな顔をしているの」

ヨクサルが聞くと、

「まるい顔をしているわ。なんでもかんでもまるいの。きっと中身もまるいんだわ」

ミムラのむすめは答えました。

わたしたちは、特別に高い石がきの前に立っていました。門には花がかざってあって、その上に、つぎのように書かれた看板《かんばん》が出ていました。

王さまの園遊会

大歓迎《だいかんげい》！（入場無料）

今回は、王さまの百さいのお誕生日《たんじょうび》にちなみ、とくに大がかりなびっくり大会を開きます。

〈注意〉なにが起きてもおどろかないこと。

「なにが起こるんだろう」

ニブリングがたずねると、ミムラのむすめが答えました。

「どうかしらね。だからおもしろいのよ」

わたしたちは、庭に入っていきました。庭は荒《あ》れるにまかせて、草や木がしげり放題です。

「ごめん、ここには猛獣《もうじゅう》はいないだろうね」

ロッドユールが聞きました。

「いないどころのさわぎじゃないわよ。お客さんの五百パーセントはゆくえ不明になってしまうの。口にするのもおそろしいわ。あたし、先へ行くわね。さようなら」

ミムラのむすめは小さな声でいいました。

わたしたちは気をつけながら、後をついていきました。道はおいしげったやぶの間を通っていました。葉のおいしげった長い緑のトンネルは、不気味で、うす暗く……。

「ストップ！」

フレドリクソンが耳をぴんと立ててどなりました。深い割《わ》れ目《め》が、道を横切っていたのです。割れ目の中からは――おおいやだ。話すのもおそろしい――なにか毛むくじゃらのものが、足をぶるぶるふるわせながら、こちらを見つめているのでした。大グモです！

「しっしっ、こいつ、怒《おこ》っているかどうか、ためしてみようかな」

ヨクサルは小さな声でいって、小石を投げつけました。

クモは足を風車のようにふり回して、目をびよんびよんゆらしています（目玉は棒《ぼう》の先についているのでした）。フレドリクソンはおもしろがっています。

「作りものだ、足ははがねのらせんだ。よくできてるなあ」

「ごめん。だけど、こんなわるふざけなんか、ぼくにはちっともおもしろくないね！　こわいのは、本物だけでじゅうぶんだよ！」

と、ロッドユールがいいました。

「外国人のやることさ」

と、フレドリクソンは、肩《かた》をすくめました。

わたしはとてもショックを受けました。このクモのせいというよりは、王さまらしくないこんなやり方に、がっかりしたので

す。

つぎのまがり角に、ふだが下がっていて、いかにもうれしそうな字が書いてありました。

こわかったろう！

わたしはぐらぐらした気持ちで、考えました。

（王さまともあろうものが、どうしてこんな子どもっぽいことをやるんだろう。こんなのは、威厳《いげん》にかかわるよ。ましてや、百さいにもなっている王さまとしてはね。王さまというものは、国民たちの尊敬《そんけい》を受けるようなことをしなければまずいのに。威厳をたもたなくちゃねえ）

やがてわたしたちは、人工の湖のほとりに出ました。あやしそうだなと思って湖をながめると、王さまの旗をはためかしたきれいな小さいボートが、岸につないであって、たのしそうな木がまるで湖に乗り出すように、枝《えだ》をのばしていました。

「これを信じていいのかなあ」

ヨクサルはひとりごとをいいながら、ボートに乗りこみました。ボートはまっ赤でしたが、船べりだけ青くぬってありました。

わたしたちが湖の中ほどまでこぎ出したとき、王さまのあらたなおどかしにあいました。だしぬけにボートのそばからすごいいきおいで水がふき出し、みんな、ずぶぬれになったのです。ロッドユールは、もちろんこわがってさけびました。それから岸につくまでに、わたしたちは四回も水をあびせられました。

岸にはこんなふだがぶら下がっていました。


ずぶぬれになったろう!


わたしはすっかりいやになってしまいました。王さまのやり方に、がまんならなかったのです。

「変な園遊会だな」

と、フレドリクソンがつぶやきましたが、ヨクサルははしゃいでいました。

「ぼくは、こういうの好きだな。たしかに王さまは、おもしろい人にちがいない。まじめくさったところがぜんぜんないや」

わたしはヨクサルをにらみつけてやりたくなりましたが、ぐっとこらえました。

そのうち、運河《うんが》が縦横《じゅうおう》に走り、いたるところに橋がかかっている場所に来ました。橋はみんな、おんぼろだったり、ボール紙を張《は》りあわせた見せかけだけだったり、ときにはくさった丸木橋を、バランスを取りながらやっとこさわたらなければならなかったり、古ぼけたひもやロープの切れはしでできたつり橋をわたらせられることもありました。べつになにごとも起こりませんでしたけれど、一度だけニブリングが泥《どろ》の中に頭からつっこみ、それで元気を取りもどしたことがありました。

とつぜんヨクサルが、

「へへーん。こんどはだまされないぞ」

とさけぶなり、ぬいぐるみの牡牛《おうし》をめがけて走っていって、その鼻をつねりました。牡牛がものすごいうなり声をあげて角を下げ（さいわい角には綿《わた》がつめてありましたが）、おそってきたときのおそろしさは、みなさんの想像《そうぞう》におまかせしましょう。ヨクサルは大きな弧《こ》をえがいて、バラのしげみに投げ飛ばされてしまいました。

その先に勝ちほこったような、こんな立てふだがあったことは、いうまでもありません。

> 思いがけなかったろう！

こんどはわたしも、王さまにユーモアのセンスがちょっとあるかも、という気がしてきま

Tove

した。

　みんなはだんだん、びっくりすることになれてきました。迷路《めいろ》のような王さまの庭を奥《おく》へ進みながら、葉のおいしげったほら穴《あな》や、いろんなひみつのかくれ場所、滝《たき》つぼ、作りものの火が燃《も》えさかる岩の裂《さ》け目《め》などを通《とお》り越《こ》しました。

　しかし、王さまが国民のために考えついたものは、落とし穴や、爆薬《ばくやく》や、はがねのばねのついた怪物《かいぶつ》だけではありませんでした。ほら穴をのぞいてみると、鳥の巣があって、その中には色をぬったたまごや、金箔《きんぱく》でくるまれたたまごが入っています。しかも、たまごには一つ一つ美しい色で、数字が書いてありました。わたしが見つけたものには、67と14と890と223と27の数字がついていました。これが王さまの福引の番号だったのです。もともとわたしは競争がきらいでしたが、それは、勝たないとすぐいやになるからです。でも、たまご探《さが》しはおもしろいものでした。

　ニブリングはたまごをいちばんおおく見つけたのですが、賞品がくばられるまで食べないで取っておかなきゃならないと、この子にわからせるのは、なかなかやっかいでした。フレドリクソンが二番で、わたしはそのつぎでした。ヨクサルは探すのをめんどうくさがり、ロッドユールはなんの秩序《ちつじょ》もなく、うろうろと探すだけで、このふたりは同じくビリでした。

　最後に、木と木の間に、色とりどりの長いひもが花むすびにしてあるのを見つけました。

大きな立てふだには、つぎのように書いてありました。

これからが本当におもしろいのだよ!

たのしそうなさけび声や、花火の音、音楽が聞こえてきます。庭の中はお祭りの最中でした。

ニブリングは、心配そうにいいました。

「ぼくはここで待ってるよ。どうもあの中はさわがしすぎるもの」

「いいよ。でも、迷子《まいご》にならないようにな」

と、フレドリクソンが答えました。

わたしたちは緑の野原に出てきました。そこでは、王さまの国民がうようよいて、すべり台で遊んだり、どなったり、歌ったり、爆竹《ばくちく》を投げあったり、綿菓子《わたがし》を食べたりしていました。原っぱのまん中に三角の旗をなびかせた大きなまるい家があって、音楽を奏《かな》でながら回っていました。中には、銀のくつわをつけた白い馬がたくさんいました。

「あれは、なに?」

わたしはうっとりして聞きました。

「メリーゴーラウンドだよ。ほら、図をかいてやったじゃないか。断面図《だんめんず》をさ。おぼえていないのか？」

フレドリクソンが答えました。

「だけど、あれはぜんぜんこれとちがっていたよ。これには馬や、銀や、旗や音楽があるじゃないか」

わたしが抗議《こうぎ》すると、フレドリクソンはいいました。

「歯車だってあるんだよ」

「みなさん、ジュースはいかがです？」

いかにも体に合わないエプロンをした大きなヘムルが、話しかけてきました（いつもいってるとおり、ヘムルは趣味《しゅみ》がわるいんです）。ヘムルはわたしたちに、コップ一ぱいずつをわたすと、あらたまっていいました。

「さあ、王さまにお祝いをいっていらっしゃい。今日は百さいのお誕生日《たんじょうび》ですからね」

わたしはジュースのコップをにぎりしめて、複雑《ふくざつ》な気持ちで王さまの玉座《ぎょくざ》を見上げました。そこにはしわくちゃの王さまがすわっていましたが、少しもわたしに似《に》ていませんでした。わたしはがっかりしたでしょうか、ほっとしたでしょうか。

玉座を見上げる瞬間《しゅんかん》は、本当に厳粛《げんしゅく》で重々しいものです。トロールはだれにでも、なにか見上げるものが必要なんです（そりゃもちろん、見下げるものも必要ですがね）。その見上げるものとは、尊敬《そんけい》できて、しかも高貴《こうき》な感じを受けるものでなければだめです。それなのに、ああ、わたしが見たのは、王冠《おうかん》をななめにかぶって耳の後ろに花をかざり、ひざをたたいたり、音楽に合わせて玉座《ぎょくざ》がゆれるほど足をふみ鳴らしたりする王さまだったのです。玉座の下には霧笛《むてき》みたいな音のするラッパが置いてあって、王さまが国民のだれかと乾杯《かんぱい》したいと思うたびに、これを吹《ふ》き鳴《な》らすのでした。わたしがひどくがっかりしたのは、いうまでもありません。

ラッパがやっと鳴りやむと、フレドリクソンが口を開きました。

「一世紀のお誕生日《たんじょうび》、おめでとうございます」

わたしはしっぽで敬礼をしながら、上ずった声でいいました。

「国王陛下《へいか》、遠い海岸からやってきた避難民《ひなんみん》に、お祝いを述《の》べる機会をおあたえください。ただ今、感激《かんげき》でいっぱいでございます」

王さまはびっくりしたように、わたしをじろじろ見ていたかと思うと、げらげら笑いだしました。

「乾杯。おまえたちもずぶぬれになったかね。牡牛《おうし》はなんといったかね。だれも、シロップのおけにはまらなかったとは、いわせないぞ。おお、王さまって、なんてゆかいなものなんだ」

そのあと、王さまはわたしたちにあきてしまって、またラッパを鳴らしました。

「おい、忠良《ちゅうりょう》な国民たち。メリーゴーラウンドを止めろ。みんなこっちへ来い。これから賞品を授与《じゅよ》する」

メリーゴーラウンドとブランコが止まり、みんながたまごを手に持って走ってきました。

王さまはさけびました。

「701番！　701番はだれが持っているか」

「わたしです」

と、フレドリクソンが返事をしました。

「これをどうぞ。たのしみたまえ」

王さまはこういって、立派《りっぱ》な回転のこぎりをわたしました。これはフレドリクソンが、まえからほしがっていたものでした。つぎつぎと賞品の番号が読み上げられました。みんなは長い列を作って、笑ったり、おしゃべりしたりしながら、玉座《ぎょくざ》の下に集まりました。だれもがなんかかんかもらいましたが、わたしだけは、なんにももらいませんでした。

ヨクサルとロッドユールとは、自分たちがもらった賞品を一列にならべて、それに食いつこうとしていました。賞品はだいたいチョコレートや、ヘムルの形をしたマジパンや、綿菓《わたが》子《し》でした。ところが、フレドリクソンのひざの上には、おもしろくもない大工道具などの実用品が、どっさり積み上げられていました。

最後に、王さまは玉座《ぎょくざ》の上に立ち上がって、さけびました。

「国民のみんな！　風変わりで、けんかっぱやくて、考えたらずのものどもよ。おまえらは、今いちばん自分に合ったものをもらったはずじゃ。それ以上のものをもらう値打《ねう》ちは、おまえらにはないぞ。

われらが百年の知恵《ちえ》で、わしはたまごを三種類の場所にかくした。第一は、あちこち走り回っていれば見つかるような場所で、賞品は食べられるものばかりじゃ。第二は、落ちついて順序《じゅんじょ》よく考えながら探《さが》すと見つかるような場所で、この賞品は実用的なもの。ところが第三には、空想でもって探すものが見つかるような場所をえらんだのじゃ。その賞品は、なんの役にも立たんものばかりだわい。

さあ、つける薬がないというばかものたち。いちばん空想的な場所を探したのはだれじゃ。石の下とか、小川の中とか、木のてっぺんとか、花のつぼみの中とか、自分のポケットとか、あり塚《づか》の中なんかを探したのはだれかな？　67番、14番、890番、999番、223番、それに27番のたまごを持っているのはだれかね？」

「ぼくです！」

と、わたしはさけびましたが、ありったけ大きな声を出したので、自分でもびっくりしてはずかしくなりました。そのあとでだれかが小さな声で、999番といいました。

王さまは呼《よ》びかけました。

「さあ、しがないムーミンくん、前へ出なさい。ここに空想家にあげる、なんの役にも立たん賞品があるよ。どうじゃ、気に入ったかね」

「はい、とても気に入りました、陛下《へいか》」

わたしは大きく息を吸《す》って、もらった変な賞品をながめました。27番がおそらく、いちばん立派《りっぱ》なものでしょう。それは居間《いま》のかざりものであって、サンゴでできた脚《あし》の上に、海泡石《かいほうせき》の電車の模型《もけい》がのっかっており、二両めの前デッキには安全ピン入れがついていました。67番はガーネットのかざりがついたシャンパンのマドラーでした。ほかの賞品は、サメの歯と、けむりの輪のびんづめと、手回しオルガン用のきれいなかざりがついたハンドルでした。

みなさん、わたしがどんなにうれしかったかわかりますか。愛する読者のみなさん、わかってくださいますか。

この王さまがあまり王さまらしくないということで、わたしは、じつは不満だったのです。ところが、そういうことはもうゆるす気持ちになって、なかなかいい王さまだと、急に思うようにさえなったのですよ。

「あたしはどうなるの?」

と、ミムラのむすめがいいました。999番をあてたのは、もちろん、この子だったのです。

「ミムラっ子!　おまえには、わしの鼻にキスをすることをゆるす」

王さまは、真顔でいいました。

ミムラのむすめは、王さまのひざにはい上がって、この年とった王さまの鼻にキスしました。国民はそろって、「ばんざい」「ばんざーい」とさけぶと、賞品をぺろりと食べてしまいました。

本当に盛大《せいだい》な園遊会でした。

暗くなってくると、びっくり公園のいたるところに、色とりどりのちょうちんがつけられました。ダンスが始まり、よろこびのあまり、とうとういざこざまで起こってしまいました。王さまは風船をくばったり、りんご酒の大だるを開けたりしました。あちこちでは、たき火も始まって、国民たちがスープを作ったり、ソーセージを焼いたりしています。

みんなと歩き回っているうちに、わたしは大きなミムラを見かけました。彼女《かのじょ》はまるで、まるいものを組み合わせて作ったみたいなかっこうをしています。わたしはミムラの前まで行って、おじぎをしてたずねました。

「失礼ですが、もしや、ミムラさんではいらっしゃいませんか?」

「そうですよ」

ミムラは、けたけた笑いながらいいました。

「まあまあ、おなかいっぱい食べちゃったわ。あんたは変な賞品ばかりもらって、お気のどくね」

「変なですって? 空想家にとっては、役に立たない賞品ほどいいものはないんですよ。これほどの名誉《めいよ》がありますか」

わたしはこういってから、ていねいにつけくわえました。

「もちろん、おくさんとこのおじょうさんが、一等賞でしたけどね」

「わが家のほこりね」

と、ミムラもじまんそうにいいました。

「それではおくさん、もうおじょうさんのことをなげいてはおられませんね」

わたしが聞くと、

「なげいているですって?」

ミムラは意外だという顔をしました。

「どうしてですの? わたしはなげいたりするひまなんてありませんよ。子どもが十八人も十九人もいれば、お洗濯《せんたく》したり、寝《ね》かしつけたり、服を着せたりぬがせたり、ごはんを食べさせたり、はなをかんでやったり、泣くのをなだめたり……、モランならみんなお見通しよ。ですからそこの若《わか》い人、わたしはいつだってたのしいわよ」

「それに、おくさんの弟さんもご立派《りっぱ》で……」

と、わたしはひかえめにつづけました。

「弟ですって?」

ミムラがいいました。

「はい、おくさんのおじょうさんのおじさんのことですよ。ほら、あの赤ひげの中で休んでいる方です」

（さいわい、わたしは例のひげの中のねずみの話はしませんでした）

するとミムラはおなかを抱《かか》えて笑いました。

「まあ、なんというむすめでしょう。あんたはだまされたんだわ。わたしの知ってるかぎり、むすめにはおじさんなんかいませんよ。さようなら。わたしはこれから、メリーゴーラウンドに乗りますからね」

そういうと、ミムラは大きな腕《うで》に抱えられるだけの子どもをどっさり抱《だ》いて、ぶちの馬が引いている赤い馬車に乗りこみました。

「たいしたミムラだねえ」

といって、ヨクサルはすっかり感心しました。

馬の背《せ》にはロッドユールが、みょうな顔をして乗っていました。

「どうしたの。おもしろくないのかい？」

と聞くと、ロッドユールは小声でつぶやきました。

「うん、とてもたのしいよ。だけど、ぐるぐる回ってると、とにかく気持ちがわるくなっちゃうのが……どうにもこうにもね」

「いったい、何度乗ったんだい？」

わたしは聞きました。

「おぼえていないよ、長いこと、長いこと乗ったんだ。ごめん、また回らなけりゃ。メリーゴーラウンドに乗れるのは、これっきりかもしれないもの。あっ、また回りだした」

「そろそろ帰る時間だぞ。王さまはどこだろう」

と、フレドリクソンがいいました。

王さまはすべり台に熱中していたので、わたしたちは、

そっとその場をぬけ出しました。ヨクサルだけは残りました。ミムラといっしょに、朝日がのぼるまで、回転ブランコに乗っているつもりだというのです。

野原のはしでは、ニブリングがコケの中に穴《あな》を掘《ほ》って、中にもぐりこんで寝《ね》ていました。

「おい、賞品はもらわないのか」

わたしが聞くと、

「しょうひん？」

ニブリングは目をぱちぱちさせながら、おうむ返ししました。

「きみのたまごのことだよ。一ダースぐらいあったじゃないか」

フレドリクソンがいうとニブリングは、はずかしそうにいいました。

「みんな食べちゃったよ。だって、きみたちを待っている間、なにもすることがなかったんだもの」

ニブリングにはどんな賞品があたったのか、またニブリングが受け取らなかったとしたら、だれが賞品をもらったのか、いろいろと考えてみました。たぶんその賞品は、つぎの百年のお祭りのときまで、王さまが取っておくのかもしれませんね。

ムーミンパパは、ページをめくって「6章」を読みかけました。

「ちょっと待って。ぼくのパパは、あのミムラが好きだったの？」

と、スナフキンがいいました。

「好きだったともさ。わたしのおぼえているかぎりでは、ふたりはいつもいっしょにかけまわったり、声を合わせて笑ったりしていたよ」

と、ムーミンパパが答えました。

「じゃあ、パパはぼくよりも、あの人が好きだったの？」

スナフキンが聞きました。

「だけど、おまえさんは、まだ生まれてなかったじゃないか」

スナフキンは鼻を鳴らし、ぼうしを耳のところまで引き下ろすと、窓《まど》の外をじっとながめていました。

ムーミンパパは、そんなスナフキンを見ていましたが、立ち上がってすみの戸だなのところへ行くと、いちばん上のたなを長いことかき回していました。それから、ぴかぴかした長いサメの歯を手にもどってきました。

「きみにこれをあげよう。きみのパパは、これが気に入ってたんだよ」

スナフキンは、サメの歯をながめていいました。

「すごい歯だなあ。ぼく、寝《ね》どこの上にかざろう。ところで、牡牛《おうし》がパパをバラのしげみに投げ飛ばしたとき、けがはしなかった？」

「いや、ヨクサルときたら、ネコみたいに体がやわらかだったな。おまけに、牡牛《おうし》の角には、綿《わた》がつめてあったからね」

するると、スニフも聞きました。

「ほかの賞品はどうしたの？　電車は居間《いま》の鏡台のところにあるけど、ほかのものは……」

「なにしろ、シャンパンなんてもらったためしがないからね。だから、マドラーはきっと、台所の引き出しのいちばん奥《おく》にでもあるんだろ。けむりの輪は、時がたつうちに消えてしまったよ」

ムーミンパパは遠い日をしました。

「そんなら、手回しオルガンのハンドルは？」

「そうだなあ。きみの誕生日《たんじょうび》がわかってるといいんだが、きみのパパは、いつも日づけがごちゃごちゃになってたから――」

「でも、名まえの日（一年のすべての日に、名まえがわりふられていて、祝う風習があります）はありますよ。お願い」

と、スニフがいいました。

「よし、きみの名まえの日には、ひみつのプレゼントをあげよう。さあ、みんな静かに。先を読むからね」

ムーミンパパはいいました。

6章

わたしが、あたらしい村をつくること、危機《きき》をうまく切りぬけること、恐怖《きょうふ》の島のおばけをおびきだすことを述《の》べます。

フレドリクソンが至急電報《しきゅうでんぽう》を受け取ったあの朝のことを、わたしはいつまでもわすれることはありますまい。その日は、はじめはおだやかな、気持ちのよい朝でした。わたしたちは、海のオーケストラ号の操舵室《そうだしつ》で、コーヒーを飲んでいました。

「ぼくも、コーヒーがほしいな」

「おまえはまだ小さすぎるよ。それに、ママのところへ送り返されるんだ。三十分したら、貨物船が出るからね」

コップの中のミルクをブクブクさせているニブリングに、フレドリクソンがやさしくいいました。

「ふーん」

と、ニブリングは落ちつきはらって、またミルクをブクブクやりつづけました。

するど、ミムラのむすめが口を開きました。

「だけど、あたしはおとなになるまで、みんなといっしょにいるわよ。ねえフレドリクソン、なにかミムラがどーんと大きくなるようなもの発明できないかしら?」

「ちびのミムラでけっこうだよ」

わたしはいいました。

「ママもそういってるわ。あたし、貝の中から生まれたのよ。そうして、ママがあたしを、金魚ばちの中で見つけたときには、あたし、ミジンコぐらいの大きさしかなかったのよ」

「またぼくたちを、だますんだろ。だれでもお母さんから生まれることぐらい、ぼくだって知ってらあ。りんごの中のたねと同じことさ。それに、ミムラを船に乗せちゃいけないんだ。えんぎがわるいんだもの」

「くっだらなーい」

ミムラのむすめは、いっこうにへいちゃらで、コーヒーのおかわりをしました。

わたしたちは、ニブリングのしっぽにあて先の紙きれを結びつけてから、鼻にかわるがわるキスをしてやりました。そのとき、だれの鼻もかじらなかったのは、ニブリングにしては、上出来でした。

「ママによろしく。貨物船をかじって穴《あな》を開けちゃだめだよ」

フレドリクソンがいいました。

「うん、しないよ」

ニブリングはうれしそうな顔で約束し、ミムラのむすめといっしょに出かけていきました。彼女《かのじょ》は、ニブリングが無事に船に乗るまで、見とどける役目だったのです。

フレドリクソンは、操舵室《そうだしつ》の机《つくえ》に世界地図を広げました。

そのとき、だれかがドアをノックして、響《ひび》きわたるような大声でどなりました。

「電報《でんぽう》、フレドリクソンさんあての至急《しきゅう》電報です！」

ドアの外には、王室づき近衛兵《このえへい》の大きなヘムルが立っていました。船長のぼうしをかぶってまじめな顔をしたフレドリクソンは、落ちつきはらって、電報を読みだしました。電報には、つぎのように書いてありました。

フレトリクソンユウノウナルハツメイカナルトキイタ」ノウリヨクヲオウノタメニヤクタタセルコトヲキホウスル」シキユウ
「ごめん、あの王さま、あまり書きとりがうまくないね」

と、ロッドユールがいいました。ロッドユールは字の読み方を、あの缶《かん》の中でおぼえたのです（もちろん、缶《かん》がまだ青かったときのことですが、そこにはマックスウェル家庭用コーヒー高級品一ポンド……とかなんとか書いてあったのです）。

「電報《でんぽう》ではてんてんのついた字は二文字に数えるから、節約をするのさ。これはなかなか立《りっ》派《ぱ》な至急《しきゅう》電報だ」

フレドリクソンが説明しました。

フレドリクソンは気圧計《きあつけい》の箱の後ろからブラシを探《さが》しだしてきて、部屋中に毛が舞《ま》い上《あ》がるほど、はげしく耳にブラシをかけました。

「おじさんがもらった電報に、てんてんを入れてみてもいいかしら」

ロッドユールがたずねましたが、フレドリクソンは聞いていませんでした。なにかぶつぶついいながら、こんどはズボンにブラシをかけだしました。

「ねえ、きみが王さまのための発明にかかるとなると、ぼくたちは、もう旅をつづけられなくなるね。そうだろ？」

わたしがそっと話しかけたものの、フレドリクソンはうわの空で、むにゃむにゃいっただけでした。

「発明には時間がかかるんだろ？　そうだよね」

わたしはつづけましたが、それでもまだフレドリクソンが答えないので、やけになってどなってしまいました。

「同じところに住みついていたんじゃ、冒険家《ぼうけんか》になれるもんか！　あんたは冒険家になりたいんだろ、どうなの？」

するとフレドリクソンは答えました。

「いや、ぼくは発明家になりたいんだ。空飛ぶ船を発明したいのさ」

「じゃ、ぼくはいったいどうなるの？」

「きみはほかの連中と、あたらしい村づくりをしたらいいんじゃないのか」

と、フレドリクソンはわたしにやさしくいうなり、行ってしまいました。


その日の午後、フレドリクソンはびっくり公園に引《ひ》っ越《こ》しました。海岸に操舵室《そうだしつ》だけを残して、海のオーケストラ号は持っていかれてしまいました。近衛兵《このえへい》たちが、荷車にのせて船を公園まで運んだのです。船はひみつのベールにくるまれてしまい、まわりには八周も石がきが築《きず》かれました。国民たちが大よろこびで石がきづくりをしたことはいうまでもありません。

その場所には荷車で何台分もの道具類が運びこまれました。何トンという歯車や、何十キロメートルもの針金《はりがね》も集められました。

フレドリクソンは王さまとの約束で、毎週火曜日と木曜日には、国民たちをおどろかせたり、たのしませたりする発明をする仕事にかかりきることになったのです。ほかの日には、空飛ぶ船づくりを気ままに手がけてもよいことになっていました。そういうことは、わたしはあとになって聞いたのですから、はじめのうちは取り残された感じがしたのです。

そこでわたしは、また王さまの人となりを疑《うたが》うようになって、王さまを尊敬《そんけい》できなくなりました。そのうえ、あたらしい村づくりというふしぎなことばがどういう意味なのか、さっぱりわかりませんでした。しかたがないので、わたしはなぐさめてもらおうと思って、ミムラの家に出かけていきました。

ミムラのむすめは、ちょうど井戸《いど》のポンプで妹や弟たちを洗《あら》ってやっているところで、わたしに話しかけてきました。

「こんにちは。すごくすっぱいクランベリーを食べたような顔をしているじゃないの」

「ぼくはもう冒険家《ぼうけんか》はやめた。こんどはあたらしい村づくりをするんだ」

わたしは沈《しず》んだ声でいいました。

「あら、そう。それであたらしい村づくりってなんなの？」

「ぼくも知らないんだ。きっと、とんでもなくばかげたことじゃないかな。いっそニョロニョロといっしょになって、世界をさすらうほうがましだよ。砂漠《さばく》の嵐《あらし》か、海ワシみたいに、ひとりぼっちでさ」

「だったら、あたしもついていくわ」

ミムラのむすめは、ポンプを止めました。

「きみとフレドリクソンじゃ、ちがうからな」

わたしはいいましたが、このことばはまるでまちがって取られてしまいました。

「そのとおり！」

ミムラのむすめはうれしそうにいうと、さけびました。

「ママ、どこにいるの、またどっかへ行ってしまった？」

「こんにちは！」

ミムラが葉っぱの下から顔を出してあいさつして、それからむすめに聞きました。

「子どもたちを、何人洗《あら》ってくれたの？」

「半分だけよ。あとは残しておくわ。だってこのムーミンが、あたしに世界をさすらう旅についてきてくれというんですもの。砂漠《さばく》の嵐《あらし》か、コマドリのようなさびしい旅なんですって」

「ちがう、ちがう、ちがうってば」

わたしは、おどろいていいました。

「ぼくがいおうとしたのは、ぜんぜんちがうことなんだぜ」

「そうそう、海ワシだったわ」

と、ミムラのむすめは訂正《ていせい》しました。

「おやおや、それではおまえは、晩《ばん》ごはんには帰ってこないわね」

ミムラはびっくりしていいました。

「ママったら、なにをいっているのよ。こんど会うときは、あたしもう世界一大きいミムラになってるわ。さあ、すぐ出かけましょうよ」

「よくよく考えてみると、あたらしい村づくりのほうがいいかもしれないな」

と、わたしは小さい声でいいました。

「それもいいわね。ママ、あたしは本当はあたらしい村づくり屋なのよ。では、うちから引《ひ》っ越《こ》すわよ」

ミムラのむすめは、うれしそうにいいました。

親愛なる読者のみなさん。みなさんのためにいっておきますが、ミムラという生きものにはくれぐれも気をつけてください。ミムラはなんにでもすぐ興味《きょうみ》を持つくせに、こちらがミムラにちっとも関心がないことには、気がつかないんですからね。

というわけで、わたしは心ならずもミムラのむすめとロッドユールとヨクサルといっしょに、あたらしい村づくりを始めることになったのです。わたしたちはフレドリクソンが残していった操舵室《そうだしつ》に集まりました。

「あのね」

と、ミムラのむすめが切り出しました。

「あたしママに、あたらしい村づくり屋ってなあにって聞いたの。そうしたら、ひとりぼっちでいるのがいやで、できるだけより集まってくらすことだっていってたわ。それからおたがいにけんかを始めるんだって――けんかする相手があったほうが、おもしろいからよ。だから気をつけなさいって、ママはいってたわ」

ほかのみんなは、不服そうにだまっていましたが、

「それじゃぼくたち、これからけんかしなけりゃいけないの？　ぼく、けんかがきらいなんだけどなあ。ごめんね、だって、けんかってかなしいんだもの」

と、ロッドユールが心配そうにたずねました。

「まるきりちがうよ。あたらしい村づくりというのは、平和に静かにくらすことなんだ。おたがいに、できるだけ遠くはなれて住むんだぜ」

ヨクサルはこういってから、さらにつづけました。

「ときには、変わったことも起きるだろうけれどさ、そのあとはまた平和になって、静けさがもどるんだ。たとえば、りんごの木に住むことだってできるだろ。歌をうたい、太陽が照らし、朝は寝《ね》ぼうをするんだ。わかるよな？　やれ、これは大事なことだとか、あれをやらなきゃいけないとか、なにをいついつまでにやれとか、うるさいことをいう人はいないんだ。……すべて、なるがままにまかせるというわけさ」

「じゃあ、なるがままにするわけ？」

と、ロッドユールがまた聞きました。

「あたりまえさ。すべてをほったらかしておくんだ。オレンジの木が大きくなれば花が咲《さ》く。ときどきあたらしいヨクサルが生まれてきて、そのオレンジを食べて、花のかおりを吸《す》いこむ。そうして太陽がみんなの上を照らすってわけさ」

ヨクサルは夢見《ゆめみ》るようにいいました。

「ちがう、そんなの、あたらしい村づくりじゃない！」

と、わたしはさけびました。

「あたらしい村づくりというのは、自由な人の集まりだよ。だれもやろうとしないような、冒険的《ぼうけんてき》で、ちょっぴり不気味なことをやろうという集まりなんだ」

「なんですって？」

ミムラのむすめは、興味《きょうみ》をそそられたようでした。

「見ててごらん。こんどの金曜日の真夜中だぜ。おったまげるから」

わたしが、いわくありげにいうと、ロッドユールはばんざいとさけぶし、ミムラのむすめは手をたたきましたっけ。

ところが本当のところは、つぎの金曜日の夜中になにをやらかすか、わたしはまだぜんぜん思いついていなかったのです。

わたしたちは、とにかくちゃんと独立《どくりつ》してくらすことにしました。

ヨクサルは、ミムラの家の近くのりんごの木に引《ひ》っ越《こ》しました。ミムラのむすめはひとり立ちの気分を味わうため、毎晩《まいばん》、べつの場所で寝《ね》るのだと宣言《せんげん》しました。ロッドユールはあいかわらず、あき缶《かん》ぐらしをつづけました。

わたしは操舵室《そうだしつ》を引きつぎましたが、ちょっとしんみりした気分になりました。操舵室は、海岸に一つだけそそり立っている岩の上に置かれました。いかにも海岸に打ち上げられた船の残骸《ざんがい》を思《おも》い浮《う》かべるような場所でした。わたしは今でも、フレドリクソンの古ぼけた道具箱をながめていたときのことを、はっきりおぼえています。その道具箱は、王室づきの発明家には似合《にあ》わないというので、近衛兵《このえへい》のヘムルが残していったのです。

わたしは考えました。

（こんどこそ、フレドリクソンの発明にまけない、すばらしいものを思いつかなきゃ。ぼくのあたらしい村の人たちに、それをどうやって見せつければよいか。みんなは、金曜日になるのを待ちわびているんだ。まったく、自分の才能《さいのう》についてほらを吹《ふ》きすぎちゃったかな……）

わたしはちょっとの間ですが、ゆううつになってしまって、打ちよせる波を見つめていました。心の目に、フレドリクソンが見えてきました。それはひたすらこつこつとなにかを作りつづけ、あたらしい発明に夢中《むちゅう》になって、わたしのことなどすっかりわすれてしまっているすがたでした。

いっそ、ニョロニョロに生まれればよかったなあ。わたしはこんなことさえ考えました。もしニョロニョロたちのようにさだめなく、ただざまようばかりの運命の星の下《もと》に生まれていたら、だれだってわたしになにかを期待することはなかったでしょうよ。わたしだって、どうせたどりつけない水平線に向かって、ただよっていればよかったのです。それなら、なにもしゃべることもないし、一生懸命《いっしょうけんめい》になにかをする必要もなかったでしょうね。

このようなかなしいありさまが、夕方までつづきました。わたしはひとりでいるのがたまらなくなって、陸のほうへ歩いていきました。丘《おか》という丘では、あいかわらず王さまの国民たちが、役にも立たない石がきづくりをつづけたり、ピクニックのお弁当《べんとう》をたのしんだりしていました。またあちこちでたき火をして、手作りの花火を上げては、いつもと同じように王さまばんざいをさけんでいました。

ロッドユールの缶《かん》のそばを通ったとき、中でずっとひとりごとをいっているのが聞こえました。わたしに聞きとれたのは、あるボタンのことでした——まるいけれども、見る角度によって楕円《だえん》に見えるとかなんとかいっているのでした。ヨクサルは木の上で寝《ね》ていました。ミムラのむすめは、どこかを飛び回っているふうでした。自分がどんなにひとり立ちできるか、ママに見せびらかそうというのでしょう。

なにもかもくだらないという思いにどっぷりひたりながら、わたしはびっくり公園にやってきました。滝《たき》の水は止まり、あかりは消えて、メリーゴーラウンドは大きな茶色の布《ぬの》をかぶせられて眠《ねむ》っていました。王さまの玉座《ぎょくざ》にもカバーがかけられていました。ラッパは玉座の下に転がっているし、地面はキャンディのつつみ紙だらけでした。

そのときわたしは、ふと、金づちの音を聞きつけました。

「フレドリクソン！」

わたしはさけびました。しかしフレドリクソンは、金づちをたたきつづけているだけです。そこでわたしがラッパを取って鳴らすと、やがてうす暗がりの中からフレドリクソンが耳をつき出していいました。

「できあがるまでは見せられないんだ。まだまだ」

「ぼく、きみの発明を見に来たんじゃない。話をしに来ただけだよ」

と、わたしはあわれな声でいいました。

「なんの話かね？」

わたしは、しばらくだまってから口を開きました。

「ねえ、フレドリクソン。自由な冒険家《ぼうけんか》はなにをやればいいんだろう？　教えてくれないか」

「やりたいことをやるのさ」

フレドリクソンは答えましたが、それから、

「なにかほかにも用があるのかい。ちょっとぼく、いそがしいんでね」

といったきり、したしげに耳をふってうす暗がりの中に消えていってしまいました。じきにまた、くぎを打つ音が聞こえてきました。

しかたなく、わたしは家に帰りました。頭の中にはいろんな考えがうずまいていましたが、どれもこれもざんねんなことに、役に立たないものばかりでした。

自分のことを考えてもこんなにつまらないのは、まったく初めてです。わたしは、気がめいってきました。そのあとも、だれかがわたし以上のことをなしとげたときに、わたしはちょいちょいこのようなゆううつな状態《じょうたい》におちいったものです。

しかしある意味では、このあたらしい感じもたいへん興味深《きょうみぶか》いことに、気づきはじめました。こういうことは、自分に才能《さいのう》があるゆえだと、わかってきたのです。

わたしは、自分を夜の闇《やみ》にたとえ、ため息をつきながら海を見つめているうちに、かえって気が楽になりました。とにかく自分がかわいそうでたまらなくなったのです。これは、おどろくべき体験でした。

わたしはわびしい気持ちになりながらも操舵室《そうだしつ》の中で、フレドリクソンの道具や、海岸に打ち上げられた板きれなどを利用して、操舵室のこまかい手入れを始めたのです。この家の高さが、低すぎると思っていたのでね。

かなしいながらも、わたしの成長にとっては大きな意味のある、一週間がすぎていきました。わたしはくぎを打っては考え、のこぎりを引いては考えましたが、一度も頭の中でカチッという音はしませんでした。このことの意味は、おわかりいただけるでしょう。

木曜の夜は満月でした。まるっきり音のない静かな夜です。王さまの国民たちは、ばんざいをさけぶのも、花火を上げるのも、あきていました。わたしは二階に上がる階段《かいだん》をつくりあげてしまうと、両手でほおづえをついて、窓《まど》ぎわにすわっていました。その静かなことといったら、毛むくじゃらの蛾《が》の羽をすりあわす音が、聞こえるばかりでした。

そのとき、見下ろした砂浜《すなはま》に、白いものがいるのに気がつきました。

ちょっと見たところ、ニョロニョロのようでした。それがすべるように近づいてくるのを見ると、身の毛がよだちました。すきとおっているので、体を通して、石ころがはっきり見えます。おまけに影《かげ》がありません。しかも、なにかうすくて白いカーテンのようなものにつつまれているのですから、おばけであることは、疑《うたが》いがありません。

わたしはあわてました。下のドアは閉《し》めたかしら？　きっとおばけは、すうっと通りぬけるでしょう。どこに逃《に》げたらいいのかしら。

玄関《げんかん》のドアがギーッと鳴りました。つめたい風が階段《かいだん》の下から吹《ふ》き上《あ》げてきて、わたしの首すじをなでました。

今になって考えてみると、本当にこわかったのだとは思いません。ただ、あらゆることに用心が大事だと、考えたにすぎないと思いますよ。ですからわたしは、すぐさまベッドの下にもぐりこんで、じっと待っていました。やがて階段が、ミシッと鳴りました。小さくミシッと、そしてまたミシッと鳴りました。

わたしは階段が九段あることを、ちゃんと知っていました。というのは、この階段はらせん階段で、つくるのがたいそうむずかしかったからです。九回、ミシッ、ミシッという音を数えました。それからまた、しいんとなりました。もうドアのむこうに来たぞ、とわたしは思いました。

ここでムーミンパパは、読むのをやめて、わざと間をおきました。

「なあスニフ。ランプを明るくしてくれ。あのおばけの出た夜のことを読むと、今でも手が冷《ひ》や汗《あせ》でびっしょりになるんだ」

「え、なにかいった？」

と、スニフは目をさましていいました。

ムーミンパパは、スニフをにらんでいいました。

「今、わたしの思い出の記を読んでやっているところなんだぞ」

「おばけの話ならおもしろいや」

ムーミントロールは横になって、かけぶとんを耳まで引き上げながら、いいました。

「おばけのところはそのままでいいけど、あのかなしい気持ちの話はよけいだよ。長すぎて、たいくつだったもの」

「長すぎるって？」

パパは気をわるくしました。

「長すぎるというのは、どういうことだい？　思い出の記には、かなしい気持ちだって書かなければいけないのさ。どんな思い出の記にだって、入っているんだぞ。わたしはあのときに、人生の危機《きき》を一つ乗《の》り越《こ》えたんだ」

「なにを一つだって？」

と、スニフがまた聞きました。

「ひどいものだった。あぶないとこだったなあ！　あんまりつらかったもので、自分が家を二階建てにしたことさえ気がつかなかったほどさ」

ムーミンパパはぷんぷんしながらいいました。

「ヨクサルのりんごの木に、りんごはなったの？」

と、スナフキンが質問《しつもん》しましたが、パパは、

「いや」

と答えただけで、ノートをパタンと閉《と》じてしまいました。

「ねえパパ、おばけの話はとてもよく書けているよ。本当だよ。ぼくたちみんな、おばけのところはすごいサスペンスだと思うよ」

ムーミントロールがいいました。

しかしパパはだまって居間《いま》に下りていき、鏡台の上にずっとぶら下がっている気圧《きあつ》計《けい》を見やりました。そこは操舵室《そうだしつ》ではなく、居間でしたけどね。

フレドリクソンは、ムーミンパパの改造《かいぞう》したての家を見たとき、

「おやおや、よくできたね」

と、やさしくいってくれたのですが、ほかの連中は、家が高くなったことさえ気がつかなかったものでした。

——どうやら感情的《かんじょうてき》なことを書いた部分は、少し短くしたほうがいいかもしれんぞ。たしかに人が読んでもちっとも感動しないで、ばかげたものに思うのかもしれないな。もしかすると、この思い出の記全体が、ばかげているかもしれん……。

「あなた、こんな暗いところにすわっていらっしゃるの？」

そのときムーミンママが、台所から顔をのぞかせました。ママはちょうど、サンドイッチを作ったところでした。

「わたしはどうも、若《わか》いときの精神的危機《せいしんてきき き》を書いた部分が、ばかげているような気がしてきたよ」

「6章のはじめのほうのことですか」

ムーミンママが聞きました。パパはなにかぶつぶついいましたが、ママはつづけました。

「あそこは本の中でも、いちばんいいところの一つだと思いますよ。あなたがあまりいばってないところが出ていて、かえってあなたが生き生きとしていますわ。子どもたちには、まだむずかしくってわからないのよ。さ、夜食のサンドイッチをどうぞ」

こういってムーミンママは、階段《かいだん》を上がっていきました。階段はあのときと同じように、ミシミシッと九回鳴りました。だけれど、当時のよりずっとよくなっています。

パパは暗がりの中で、サンドイッチを食べました。それからまた、ムーミントロールとスナフキンとスニフに話のつづきを聞かせるために、二階へ上がっていきました。


ドアが、ほんの少し開いたかと思うと、細く白いけむりが部屋に流れてきて、じゅうたんの上でくるくるとまるまりました。その白い玉のまん中に、青白い目がぱちくりしているのが、ベッドの下にかくれていたわたしにも、はっきり見えたのです。

これは本物のおばけだぞと、わたしは自分にいい聞かせました（階段を上ってくる音を聞いているよりも、こうやって見ているほうが、ずっとこわくありませんでした）。部屋の中は、おばけの話の決まりごとで、ものすごく寒くなりました。部屋のすみずみからつめたい風が吹《ふ》いてきて、とつぜんおばけが「ハクション！」と、くしゃみをしました。

読者のみなさん、あなたがたはどうか知りませんが、わたしはそのとたんに、おばけに対してふるえあがるような気持ちがすっかり消し飛んでしまったので、ベッドの下からはい出していいました。

「だいじょうぶですか?」

「ありがとよ。こんなうらぶれた運命の夜には、亡者《もうじゃ》のむせび泣く声が谷間にこだまするのだ」

おばけは怒《おこ》ったように答えました。

「なにかお役に立てることがありますか?」

こうわたしがたずねると、おばけは意地になっていうのでした。

「こんな運命の夜には、わすれられた白骨《はっこつ》が、浜辺《はまべ》でガラガラと鳴るんだ」

「だれの白骨ですって?」

わたしは聞きました。

「わすれられた白骨だよ。のろわれた島を青ざめた恐怖《きょうふ》が、にたにた笑いでおおいつくすんだ。気をつけるがいいぞ、おまえは死をまぬがれぬ身さ。おれは十三日の金曜日の真夜中にまたあらわれるからな」

こういうと、おばけはまたするするとほどけて、半開きのドアから流れ出ていきました。去りぎわにわたしのほうをおそろしい顔でにらみつけましたが、とたんに大きな音をさせて

頭をかもいにぶつけ、

「あ、いたい！」

とさけびました。そして階段《かいだん》を転げ落ちて、月夜の外に出ると、ハイエナのような声で三回大きくうめきましたが、もうわたしを、こわがらせることはできませんでした。

わたしは、おばけがとけて霧《きり》のかたまりになり、海のほうに消えていくのを見ると、大声で笑いだしてしまいました。

「――さあ、これであたらしい村の連中を、びっくりさせられるぞ。勇気がなくてだれもできないようなおそろしいことを、わたしはやれたんだ！」


十三日の金曜日の真夜中ちょっとまえに、あたらしい村の連中を、残らず操舵室《そうだしつ》の下の浜辺《はまべ》に集めました。美しい静かな夜です。わたしは、かんたんな食事を砂浜《すなはま》の上に広げました。スープとライ麦クラッカーと王さまのりんご酒でした（りんご酒は、十字路に置いてある大きなたるから、だれでもかってにくんできてもよいことになっていました）。皿はみんな黒い塗料《とりょう》でぬって、まん中に骸骨《がいこつ》の印をつけておきました。

「赤ペンキだったら、ぼくがあげたのになあ。黄色でも青でもあるよ。ごめん、だけど、そっちの色はたのしくなさそうだね……」

と、ロッドユールがいいました。

「たのしいことをしようというんじゃないんだ。今夜は、すごくこわいことが起こるんだぞ。みんな、かくごしてろよ」

わたしは、いわくありげに発言しました。

「こいつは魚のスープみたいだけれども、ウグイかな?」

と、ヨクサルが聞きました。わたしはぶっきらぼうに答えました。

「にんじんだよ。いいから食べろって! きみたちは、おばけなんてたいしたものじゃないと思っているだろうがね」

「ああそうか。おばけの話をしようというのか」

と、ヨクサルがいいました。するとミムラのむすめが、口を出しました。

「あたし、おばけのお話なら大好き。ママは夜になるとよくこわい話をして、あたしたちをおどかそうとするわ。ところが話をしているうちに自分でこわくなってきて、ママを落ちつかせるのに、あたしたちが一晩中《ひとばんじゅう》おもりをしなけりゃならないことがあるのよ。あたしのおじさんは、もっとひどかったわ。あるときなんて……」

わたしは怒《おこ》って、ミムラのむすめをさえぎりました。

「これはまじめな話なんだぞ。お話のおばけなんか、ちゃんちゃらおかしいや。ぼくがきみたちに見せるおばけは、本物だぜ。ぼくが発明して、魔法《まほう》でつれてくるやつさ。どうだ、すごいだろ」

そして大いばりで、みんなを見回しました。ミムラのむすめはパチパチと手をたたきましたが、ロッドユールは目に涙《なみだ》を浮《う》かべて小声でたのみました。

「お願いだから、やめてくれ。ねえ、やめてくれよ」

「きみのことを考えて、小さなおばけにしといてやるよ」

と、わたしは恩着《おんき》せがましくいいました。

ヨクサルは食べるのをやめて、びっくりしたようにわたしを見ていました。いや、びっくりしたのではなく、感心したのでしょうよ。わたしは目的をはたしたのです。名誉《めいよ》を回復《かいふく》し、自分の顔を立てたのです。

だけど、読者のみなさん、十二時の鐘《かね》が鳴るまで、わたしがどんなに不安な気持ちでいたか、考えてみてください。おばけははたしてきた、やってくるかしら？　みんな本当にこわがるでしょうか。それに、おばけがくしゃみをしたり、ばかげたことをいったりして、効果《こうか》をだいなしにしやしないでしょうか。どんなことをしてでも、まわりに強い印象をあたえたいというのが、わたしの性分《しょうぶん》なんです。尊敬《そんけい》でもいいし、同情《どうじょう》でもいいし、恐怖《きょうふ》でもいい。とにかく、人にわたしというものを印象づけることです。この性分はたぶん、人から無視《むし》されがちだった、わたしの子ども時代の影響《えいきょう》でしょうね。

　とにかく十二時が近づくと、わたしは岩の上によじ登って鼻を月のほうに向け、魔法《まほう》をかけるかっこうで手をふり回し、骨《ほね》のずいまでつきぬけるような不気味なさけび声をあげました。つまり、おばけを呼《よ》びだしたのです。

　あたらしい村のみんなは、緊張《きんちょう》と期待で、自分たちまで魔法にかけられたかのように、じっとすわっていました。ただヨクサルの、はっきりと批判《ひはん》的《てき》な視線《しせん》には、ちょっぴりと疑《うたが》いの色がありました。今でもわたしは、ヨクサルにあれだけ深い感銘《かんめい》をあたえるこ

とができたのを、満足に思っています。

おばけはやってきました。本当にやってきたのです。このまえと同じように、すきとおっていて影《かげ》はなく、さっそくあのわすれられた白骨《はっこつ》のことや、亡者《もうじゃ》のむせび泣きのことを話しだしました。

ロッドユールは「きゃっ」といって、頭を砂《すな》の中にかくしました。ミムラのむすめは、まっすぐにおばけのところに進み出て、手をさし出しました。

「こんばんは。本物のおばけに会えるなんて、うれしいわ。スープを一ぱいいかが？」

まったく、ミムラっていうやつは、なにをしでかすかわかったものではありません。

わたしのおばけは、もちろん気をわるくしました。すっかり調子がくるって、小さくちぢんでしまったのです。

気のどくなおばけが、かすかなけむりとなって消えるまえに、ヨクサルが笑いだしました。おばけにも、それは聞こえたと思います。こんなわけで、その晩《ばん》はぶちこわしになってしまったのでした。

しかし、あたらしい村の人たちは、おばけから仕返しを受けることになりました。その後の一週間は、まったくひどいものでした。夜になっても、だれも、眠《ねむ》れなくなってしまったのです。おばけはどこからか、鉄のくさりを見つけてきて、それを朝の四時までガラガラ鳴らしたり、ふくろうやハイエナの鳴き声のまねをしたり、引きずるような足音をさせたりしました。そうかと思うと、コッコツとドアをたたいたり、あるいは家具を部屋の中でおどらせて、こわしたりしたのです。

村人たちはいっせいに、わたしに不満をぶつけだしました。

「きみのおばけを消してくれよ。夜も眠《ねむ》れやしない」

ヨクサルが文句《もんく》をいいました。

「そうはいかないよ。一度おばけを呼《よ》びだしたら、いっしょにくらすよりほかはないのだ」

わたしがまじめくさっていうとヨクサルは、わたしを非難《ひなん》しました。

「ロッドユールが泣いているぜ。おばけがロッドユールのコーヒー缶《かん》に、骸骨《がいこつ》の絵をかいて、その下に毒物と書いたんだ。こうなっては、もうだれも缶によりつかないから、結婚《けっこん》もできないって、なげいているよ」

「ばかばかしい」

しかしヨクサルは、つづけました。

「それにフレドリクソンも怒《おこ》っているぜ。きみのおばけが海のオーケストラ号中に、いたずらがきをしたり、ばねを折ったりしたんだとさ」

「それじゃ、なんとか手を打たなくっちゃ。ようし、すぐやるよ」

こういってわたしは、いそいでメッセージを書いて操舵室《そうだしつ》のドアに打ちつけました。それはつぎのようなものでした。

親愛なるおばけさま！
わけがあって、つぎの金曜日の日の入りまえにおばけ会議を開きたい。
ご不満はみんなうけたまわります。
王室づきあたらしい自由の村
なお、鉄のくさりはお持ちにならぬよう！

わたしは長いこと、王室づきと書こうか、自由と書こうかとまよいましたが、けっきょく、両方とも書くことにしました。そのほうがうまくおさまったのです。

おばけは、油紙の上に赤インキで返事を書いてよこしました（油紙と思ったのは、フレドリクソンの古いレインコートだったことが、あとでわかりました。それを、ミムラのパン切りナイフで、ドアにとめてあったのです）。

おばけの返事は、こうでした。

運命のときは近づいた。金曜日でもよいが、時刻《じこく》は、死神の犬のほえ声が荒《あ》れ地《ち》をわたって聞こえてくる、うしみつどきだ。いいか、おまえら、虫けらども。大地には、目に見えないものの重々しい足音が響《ひび》きわたるぞ。大地の中に鼻づらでもかくすがよい。おまえらの運命は、もう墓石《はかいし》に血で書いてあるぞ。鉄のくさりは、おれがその気になったら、かってに持っていくからな。

おばけ　別名おそろしいものより

「なるほど、あいつは運命ということばが好きなようだな」

ヨクサルがいいました。

「こんどは笑っちゃだめだぞ。なにごともまじめに受けとめないから、こういうひどい目にあうのだ」

と、わたしはきびしくいいわたしました。

フレドリクソンにも、このおばけとの対面には来てもらおうと思って、わたしはロッドユールを使いにやりました。もちろん自分で行ってもよかったのですが、わたしはまだ、フレドリクソンがいったことばが、わすれられなかったのです。

「できあがるまでは見せられないんだ。まだまだ。ちょっとぼく、いそがしいんでね」

やさしくはあるが、人をつきはなすようなあの声です。

おばけは十二時きっかりに、不気味な低いうめき声を三度あげながら、あらわれました。

「来たぞう」

まねのできない独特《どくとく》のいい方です。

「おまえら、やがて死ぬ運命にあるものども、さあ、ふるえるがよい。わすれられた白骨《はっこつ》のうらみだぞ」

「おいおい、なんでおまえさんは、いつも同じ古くさい骨《ほね》のことばかり、うるさくいうんだい。そりゃ、だれの骨のことさ？　おまえさん、なぜ、自分で探《さが》さないんだ」

ヨクサルがこんなことをいうので、わたしは彼《かれ》のすねをけってから、ていねいに話しかけました。

「よみの国の亡者《もうじゃ》さん。よくぞいらっしゃいました。ごきげんいかが？　のろわれた浜辺《はまべ》を青ざめた恐怖《きょうふ》が、にたにた笑いでおおいつくすんでしょ……」

「おれのまねをするやつがあるか。それはおれしかいえないことなんだぞ」

おばけは怒《おこ》っていいました。

「おまえさん、ぼくたちを静かに寝《ね》かしてくれないか？　だれかほかの連中を、おどしたらどうだい」

　フレドリクソンが口を開きました。

「おまえらは、おれにもう慣《な》れっこになったんだな。竜《りゅう》のエドワードでさえ、もうこわがらないんだ」

　と、おばけはふきげんそうです。

「ぼくはこわかった。まだこわい」

　と、ロッドユールがいいました。

「それはどうもありがとう」

　そしておばけは、いそいでつけくわえました。

「打ちすてられた骸骨《がいこつ》の列が、氷のような青い月光の中でわめいてるぞ」

「ねえ、おばけくん、きみはどうも少しずれてるぜ。まあ聞けよ。きみがどこかほかのところへ行っておどかすって約束するなら、ぼくがきみに、あたらしいおどかし方を教えてやるよ。どうだい」

　と、フレドリクソンはやさしくいいました。

「この人は、おどかすのがすごくじょうずなんだから。ねえ、おばけさん、あんたにゃ想像《そうぞう》がつかないかもしれないけど、フレドリクソンはリンを使ったり、ブリキを使ったりして効《こう》果《か》を出すのよ。だから、竜《りゅう》のエドワードを、死ぬほどおどかすことだってできるわよ」

ミムラのむすめがつづけました。

「王さまだって、おどかせるんだぜ」

わたしもつけくわえました。

おばけはフレドリクソンを見ましたが、まだ決心がつかないふうでした。

「霧笛《むてき》みたいな音のラッパを作るのはどうかね。糸と、松やにでこしらえた、おばけのトリックはどうだい」

と、フレドリクソンがいいました。

「知らないなあ。どうやるんだい？」

おばけが興味《きょうみ》を見せました。

「裁縫用《さいほうよう》の糸を使うのさ。ちょっと太めの、まあ20番までのかな。それを窓《まど》の外に取りつけて、糸を松やにでこする。するとおそろしいさけび声が出るんだ」

こうフレドリクソンが説明してやると、

「おれの悪魔《あくま》の目にくるいがなければ、きみはなかなかおもしろいやつだね」

と、おばけはいうなり、フレドリクソンの足元にまるくなりました。

「骸骨《がいこつ》も作ってくれる？　ブリキといったね。それなら持ってるよ。だけど、それをどう使うんだい？」

それから夜明けまで、フレドリクソンはそこにすわったまま、人をどうやっておどかすかを説明したり、砂《すな》にいろいろな図面をかいたりしました。どうやら、この子どもっぽい仕事が、すっかり気に入ってしまったのでした。

朝になるとフレドリクソンは、びっくり公園にもどっていきました。

おばけのほうは、投票によって王立あたらしい村の一員になって、恐怖《きょうふ》のおばけという称《しょう》号《ごう》をさずけられました。

「ねえ、おばけくん、ぼくの家に引《ひ》っ越《こ》してこないかい？　ぼく、ひとりぼっちなんでね。そりゃ、ぼくはこわがりやじゃないけど、夜になると、とにかくちょっと気味がわるいからね……」

と、わたしはいいました。

「地獄《じごく》の犬どもにかけて――」

おばけは青ざめて怒《おこ》りだしましたが、気を落ちつけていいなおしました。

「それはまあ、ご親切にありがとう」

わたしは砂糖《さとう》の箱に、おばけのベッドを作ってやると、それを黒くぬって、さらにふんいきを出すため、どくろ十字をかざりにかいてあげました。食器には「毒あり」と書きつけました。ロッドユールはそれを見て、大よろこびでした。

「こりゃ住《す》み心地《ごこち》がよさそうだ。真夜中にちょっとガタガタ音を立ててもいいかな？　おれは、そういう習慣《しゅうかん》になっているんでね」

と、おばけはいいました。

「いいとも、だけど五分間だけだよ。それから、海泡石《かいほうせき》の電車はこわすなよ。すごく貴重《きちょう》なものなんだから」

「よし、五分だね。だけど、夏至《げし》の夜はべつだぜ」

と、おばけはいいました。

7章

改造《かいぞう》された海のオーケストラ号のはなばなしい除幕式《じょまくしき》と、試験的に深海にもぐったときのことを述《の》べます。

夏至《げし》の夜も、あっというまにすぎました。ちょうどそのころ、ミムラの末むすめが生まれて、ミイと名づけられました（ミイというのは「いちばん小さいもの」という意味です）。

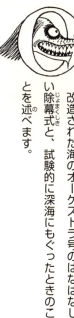

花が咲《さ》いて、実がなりました。りんごのようなおいしい実は、さっそく食べられてしまいました。わたしは、ありふれた毎日を送るという危険《きけん》な状態《じょうたい》に落ちこんでいき、ときには操舵室《そうだしつ》のすみにベルベットのバラを植えたり、ロッドユールや王さまとボタン遊びをするほどに、堕落《だらく》したのです。

事件《じけん》がちっとも起こりません。わたしのおばけは、タイルストーブに近い部屋のすみにすわって、ネックウォーマーやくつしたを編《あ》んでいました。神経質《しんけいしつ》なおばけの気を落ちつかせるのには、編みものはいい仕事にちがいありませんよね。

おばけもはじめのうちは、国民たちをちゃんとおどかすことに成功したので大よろこびでしたが、そのうちに、みんながおどかされるのをたのしんでいるのに気がついて、やめてしまったのでした。

ミムラのむすめは、人をだますのがいよいようまくなってきて、わたしも何度かだまされました。一度なんか、竜《りゅう》のエドワードが王さまをふみつぶしてしまったといううわさを、ばらまいたものです。

わたしはざんねんながら、人のいうことをすぐ信じる性分《しょうぶん》です。だから、あとになって笑いものにされたと知ると、とても腹《はら》が立ちます。わたしが大げさなことをいうときは、自分で本当にそうだと思いこんでいるときだけですからね。

竜のエドワードはときどきやってきて、海岸の水につかり、いつものくせでわたしたちをどなりつけました。すると、いつでもヨクサルが、どなり返してやるんです。ヨクサルはほかのときは食べているか、寝《ね》ているか、日向《ひなた》ぼっこをしているか、ミムラと笑ったり木登りをしているかです。いつだって、それだけでした。最初のうちは、石がきの上に登ったりもしましたが、それが禁止《きんし》されていないと知ると、すぐにやめてしまいました。それでもヨクサルは、けっこうゆかいなのだといっていました。

ときどきわたしは、ニョロニョロたちが沖《おき》を通るのを見ましたが、そのあとは、一日中ゆううつになってしまいました。

この時代に、わたしのじっとしていられない性質《せいしつ》が育ったのだと思います。そのせいで、あとになってから、なにごとも起こらないきちんとした生活が、急にいやになって逃《に》げだすことになるのです。

そのうちに、やっと事件《じけん》が起こりました。

まぎれもなくフレドリクソンが、自ら操舵室《そうだしつ》のドアの外に立ったのです。船長帽《せんちょうぼう》をかぶっていましたが、今日のぼうしには金色のつばさのマークが、二つ光っていました。

わたしは階段《かいだん》を一足とびに下りていって、たずねました。

「やあ、フレドリクソン！　飛べることになったの？」

フレドリクソンは耳をぱたぱたさせて、うなずきました。

「だれかにもう、そのことを話した？」

わたしは心臓《しんぞう》をどきどきさせながら、聞いてみました。

フレドリクソンは、首を横にふりました。その瞬間《しゅんかん》、わたしはもう一度、冒険家《ぼうけんか》にもどったのです。情熱《じょうねつ》がよみがえり、自分をいかにも力強い、男らしいものに感じたのでした。フレドリクソンは、発明ができあがったことを、だれよりも先にわたしにいいに来てくれたのです。王さまでさえも、まだ知らされていなかったのに！

わたしは声を張《は》りあげました。

「早く、早く。さあ、出かけようよ。バラの花なんか、だれかにやっちまおう。家もやっちまおう。ねえ、フレドリクソン、ぼくの頭は、計画と期待ではちきれそうだよ」

「それはいいけれど、まず、除幕式《じょまくしき》と試験飛行をやらなきゃいけないんだ。あの王さまをごまかして、式典をすっぽかすわけにはいかないからね」

と、フレドリクソンはいいました。

その日の午後、試験飛行が行われました。改造《かいぞう》された船は、王さまの玉座《ぎょくざ》の前の台にのせられて、赤い布《ぬの》でおおわれていました。

「黒い幕《まく》のほうが、おごそかな感じが出たのにねえ。真夜中の霧《きり》のような、灰色《はいいろ》のベールでもいいかもしれない、恐怖《きょうふ》の色だものね」

わたしのおばけはこういいながら、針《はり》がガチガチ鳴るほどのスピードで編《あ》みものをつづけました。

「まあ、なんてことをいうのさ」
子どもたちを残らずつれてきていたミムラがいいました。それから、上のむすめを見つけていいました。
「おや、わたしのむすめちゃんじゃないの。元気？　おまえ、いちばん下の妹に、もう会ったかい？」
「あら、ママ、また子どもを産んだの？　弟や妹たちに、おねえさんは王さまのあたらしい村のお姫《ひめ》さまになって、空飛ぶ船で月めぐりの旅に出るんだって話してちょうだいな」

ミムラのむすめがいいました。

弟や妹たちは、思い思いに深いおじぎをしたり、ひざをまげるあいさつをしたり、あるいはただぽかんと見つめているものもいました。

フレドリクソンは、何度も幕《まく》をくぐって、入ったり出たりして、なにもかもぬかりはないかどうか、たしかめていましたが、

「どうも、排気管《はいきかん》がおかしいぞ」

とつぶやいてから、ヨクサルにたのみました。

「ヨクサル、船に入って、大きいほうの排気ファンを回してみてくれないか」

しばらくすると、大きい排気ファンが動きだしましたが、管からはオートミールが流れ出てきて、フレドリクソンの目に入りました。

「こいつはおかしい。オートミールとは」

と、フレドリクソンはあわてましたが、ミムラの子どもたちは、大よろこびしてさわぎました。

「ごめん、ぼく、朝ごはんの残りをティーポットにあけちゃったの。排気管には入れなかったけどね」

と、ロッドユールが泣きだしそうな顔をしています。

「どうしたんだ。わしは祝詞《しゅくし》を始めてもよいのか、それとも、まだ取りこみ中かな？」

王さまが聞きました。

「それ、うちの末むすめのミイのしわざだわ。なんて個性的《こせいてき》な子なんでしょ、排気管《はいきかん》にオートミールを流しこむなんて！」

と、ミムラはうれしそうにいいました。

「おくさん、おおげさにしないでよろしい」

フレドリクソンは、ちょっととげとげしくいいました。

「始めてよいのか、それともまだか」

王さまがまた聞いたので、わたしは答えました。

「陛下《へいか》、どうぞいつでもお始めください」

ラッパが鳴りわたったかと思うと、ちょっと間をおいて、ヘムル自由楽団が入場し、王さまは国民一同の歓呼《かんこ》の中を玉座《ぎょくざ》に上りました。王さまはみんなが静かになるのを待って、演説《えんぜつ》を始めました。

「ばかなおいぼれ国民たちよ、この機会にわしは諸君《しょくん》に、意味の深いことばをおくろう。フレドリクソン――あの王室づきびっくり発明家のフレドリクソンを見よ。彼《かれ》の最大のびっくり発明品の除幕式《じょまくしき》が、今日ここで行われ、陸に、海に、そして空に、くり出すのだ。

大胆《だいたん》な計画にもとづいてできあがったこの偉業《いぎょう》について、とっくりと考えてみるがよい。おまえらが、穴《あな》の中でむだに時をすごしたり、ものをかじったり、根をほじくりかえしたり、いそがしがったり、くだらん話をしたりする間にも、よくよく考えてみることじゃ。おまえら、不幸なできそこないの、しかも愛すべきわしの国民諸君《しょくん》！　わしはおまえらに大きな期待をかけているのだぞ。われわれの丘《おか》だらけのこの国が、少しでもさかえるように、おまえらもやってみるがよい。それが無理なら、せめて、今日の英雄《えいゆう》にばんざいをとなえてやるがよいぞ」

そこで国民は、地面がぐらぐらゆれるほどに、「ばんざい！」をさけびました。

ヘムル自由楽団が「王室式典《おうしつしきてん》ワルツ」を奏《かな》でました。バラや日本真珠《にほんしんじゅ》の雨がふりそそぐ中を、フレドリクソンが進み出て、ひもを引きました。なんとすばらしい瞬間《しゅんかん》だったでしょう。

海のオーケストラ号の幕《まく》がすべり落ちました。

それはわたしたちが乗り組んでいた元の船とは、似《に》ても似つかないものでした。羽の生えた金属製《きんぞくせい》の船で、まるでなじみのない奇妙《きみょう》な機械だったではありませんか。

わたしはすっかりゆううつになってしまいました。でもそのとき、この改造《かいぞう》された船とよろこんで握手《あくしゅ》できるものが、わたしの目に飛びこんできたのです。るり色に光っている船名でした。それは、まえと同じ「海のオーケストラ号」だったのです。

ヘムル自由楽団の演奏《えんそう》が、こんどは「王者《おうじゃ》の賛歌《さんか》」にうつりました。あなたがたも知っていますね、あの「おどろいたろう、えへん」というくり返しのある歌です。ミムラは感激《かんげき》のあまり、泣きだしました。

フレドリクソンは、ぼうしをまぶかにかぶって、船に乗りこみました。そのあとに、王室づきあたらしい自由の村のものたちがつづきます。その間も、バラと日本真珠《にほんしんじゅ》の雨がふりつづきました。船の中は、あっというまにミムラの子どもたちだらけになりました。

ロッドユールが、とつぜん「ごめん！」というなり、船をかけ下りると、

「だめだ、ぼくには、そんな勇気はない。空を飛ぶなんて。また気持ちがわるくなるに決まってる！」

とさけび、たちまち群衆《ぐんしゅう》の中にかけこんで、見えなくなりました。

それと同時に、船はガタガタ、ブルンブルンと音を立てはじめました。ドアが閉《し》められ、ねじできちんととめられて、海のオーケストラ号はしばらくためらうように台の上で前後にゆれていましたが、つぎの瞬間《しゅんかん》、ガタンと前に飛び出しました。おかげでわたしは、引っくり返ってしまいましたっけ。

気を取りなおして、窓《まど》の外をながめたときは、わたしたちはもう、びっくり公園の木のこ

ずえの上をすべるように飛んでいるのでした。

「飛んでるぞ、飛んでるぞ」

と、ヨクサルがさけびました。

空を飛ぶという、あのなんともいえない気持ちを、どう書きあらわしたらよいものか、わかりません。自分でははかり知れない運命によってさずけられた、わたしのすがた形にはすっかり満足しているのですが、正直いって、この体は空を飛ぶには向いていません。ところが、まったくとつぜん、この体がツバメのように軽く、すらりとしたような気がして、世の中になに一つなやみがなくなり、（――ぼくは稲妻《いなずま》のように速く動けるんだ。だれにだって負けはしないぞ）という気持ちになりました。地面をはい回りながらわたしたちをおどろいて見上げている人々を、空から見下ろすのは、なんともいえずいい気持ちでした。まったくすばらしい瞬間《しゅんかん》でした。しかし、ざんねんなことに、短すぎました。

海のオーケストラ号は、ゆるやかな弧《こ》をえがいて、地面に向かって高度を下げ、王国の海岸近くの海に、白い波を立ててすべり下りていきました。

「ねえ、フレドリクソン、もっと飛ぼうよ」

と、わたしはいいました。

フレドリクソンは、まっ青な瞳《ひとみ》をこちらに向けましたが、わたしを見たのではありませんでした。そのすがたは、わたしたちにはとても手のとどかない、ふしぎな勝利の光につつまれているように見えました。

それからフレドリクソンは、海のオーケストラ号をまっすぐに海中へ突入《とつにゅう》させたのです。あたりは緑色のすきとおった光であふれ、水のあわが群《む》れのようになって、窓《まど》の外をすぎていくのが見えました。

「あたいたち、沈《しず》んじゃうよ」

と、ちびのミイがいいました。

わたしは鼻を窓ガラスにおしつけて、海の中をのぞきました。海のオーケストラ号は、船の外側にぐるりとあかりをつけました。あかりは暗い水中に、たよりない、弱い光を投げました。

わたしは、ふるえあがりました。どっちを見ても暗い緑色だけで、永遠《えいえん》の夜と空虚《くうきょ》の中をただよっているのです。フレドリクソンがエンジンを止めると、船はすべるようにして、いよいよ深く沈んでいきました。だれもなにもいいません。正直いって、ちょっとこわくなったのです。

しかし、フレドリクソンの耳は、さもうれしそうに、ぴんと立っていました。見ると彼《かれ》が今までとちがった船長帽《せんちょうぼう》をかぶっています。ぼうしには小さな銀色のひれのマークが二つずいていました。

もの音一つしないまったくの静けさの中から、やがてかすかな音が聞こえてきて、それがだんだん強くなってきます。何千ものおびえた声が、何度も何度も同じことばをくり返しているのでした。たった一つのことばです。

うみいぬ、うみいぬ、うみいぬ……。

みなさん、ちょっとこのうみいぬということばを、警告《けいこく》するようにゆっくりと、小声でいってみてください。ほら、不気味に聞こえるでしょう？

暗闇《くらやみ》の中に、数えきれないほどの小さな影《かげ》のようなものが、かすかに見えてきました。それはウミヘビや、魚たちで、みんな一つずつ鼻の上に小さなランプをのっけていました。

「どうしてランプをつけないのかしら」

ミムラがふしぎがると、むすめがいいました。

「たぶん電池が切れたんでしょ。だけど、ママ、うみいぬってなにもの？」

魚たちは、海のオーケストラ号のそばまでめずらしそうにやってきて、だんだん沈《しず》んでいく船のまわりを、輪になって泳ぎ回るのでした。その間も、ずっとあのおびえたささやきが聞こえていました。うみいぬ、うみいぬ……。

「こいつはどうもおかしいぞ。わるい予感がするんだ。ぼくの鼻の感じでは、あいつらはどうやらランプをつけないようにしてるんじゃないかな。鼻の上のランプをつけるなって、だれかに止められてるとかでさ!」

こういったのは、ヨクサルでした。

「そりゃあ、うみいぬのしわざじゃないの」

ミムラのむすめが、わくわくして目を輝《かがや》かせてささやきました。

「わたしのおばさんで、携帯《けいたい》コンロに火をつけるのがこわくて、できない人がいたわ。おばさんたら、初めて火をつけたときに爆発《ばくはつ》しちゃって、コンロもろとも吹《ふ》き飛《と》ばされたのよ」

「あたいたちも、あかりをつけましょうよ」

と、ちびのミイがいいました。

魚たちはもっと近よってきて、びっしりと壁《かべ》のように海のオーケストラ号を取りかこみ、船のあかりを見つめました。

「あいつらは、口がきけないのかな?」

わたしが聞くと、フレドリクソンが、無線聴音機《ちょうおんき》のスイッチを入れました。しばらく雑音《ざつおん》がしていましたが、そのうちにいく千ものなげくような声が聞こえてきました。

「うみいぬだ、うみいぬだ。だんだん近づいてくるぞ、だんだんとだ。あかりを消せ、あかりを消せ。……食べられてしまうぞ。……かわいそうなくじらさん、おまえのあかりはいったい何ワットなんだい」

「暗くしなけりゃいけないのなら、暗くしようよ」

わたしのおばけは、わが意を得たりとばかりに口を開きました。

「運命の夜が、墓場《はかば》をそのベールでつつみ、黒い影《かげ》が孤独《こどく》のさけび声をあげてるんだ」

「しーっ、なにか聞こえてくる……」

と、フレドリクソンがいいました。

わたしたちは、耳をすましました。遠くから、かすかにズシンズシンと脈を打つような音、いや足音のような音が聞こえてきました。だれかが大またでゆっくりと、三段《さんだん》とびでもしているようでした。あっというまに、魚たちはみんなすがたを消してしまいました。

「あたいたち、食べられちゃうわね」

ちびのミイがいいました。

「子どもたちを寝《ね》かせなくちゃ。さあみんな、ベッドに入りなさい」

ミムラが子どもたちに呼《よ》びかけると、みんな輪になって、ひとりひとり、前の子の背中《せなか》のボタンをはずしだしました。

「今夜は、おまえたちで点呼《てんこ》してね。わたしはちょっと気が散ってるから」

「それじゃ、本を読んでくれる？」

と、子どもたちはさけびました。

「読むのならいいわ。このまえはどこまでだったかしら」

ミムラがいったので、子どもたちは声をそろえて、読みはじめました。

「これは――一つ目ボッブの――むごたらしい――しわざだと――パトロールのおまわりさんの――ツイッグスが――いいました――そうして――被害者《ひがいしゃ》の耳から――三寸《ずん》くぎを――ひっこぬきました――それは……」

「わかったわ、わかったわ。さあ、少しいそいで読みましょうね」

と、ミムラはいいました。

三段《さんだん》とびのような音は、どんどん近づいてきます。海のオーケストラ号は落ちつきなくゆれだし、聴音機《ちょうおんき》は怒《おこ》ったネコのような音を立て、わたしは首すじの毛が逆立《さかだ》つのを感じました。そして、

「フレドリクソン、ランプを消せ」

とどなりました。

まっ暗になる直前、風上のほうに、ちらっとうみいぬが見えました。なんともいえないおそろしい生きものでした。とにかく、ものすごい怪物《かいぶつ》だということがわかりました。暗がり

の中では、あとは空想するばかりでしたから、よけいにこわくなったのかもしれません。

フレドリクソンはエンジンのスイッチを入れましたが、あわてたせいか、舵《かじ》を取りちがえました。浮《う》き上《あ》がるところを、海のオーケストラ号はぐんぐん海底に沈《しず》んでいきました。

それから船はいも虫のような足を出して、海底の砂《すな》の上をはいだしました。窓《まど》の外を、海草が手探《てさぐ》りするようにゆれながらすぎていきます。まっ暗な静けさの中から、うみいぬの息づかいが聞こえてきます。

ついに灰色《はいいろ》の影《かげ》のような頭が出てきました。目は黄色くて、二本の気味わるい光の束が、サーチライトのように船べりを探っていました。

「さあ、みんな、毛布《もうふ》の下へもぐりなさい。いいというまで、出てきてはだめよ」

ミムラがさけびました。

船尾《せんび》のほうで、ガリガリというおそろしい音がしました。うみいぬが船の潜水《せんすい》フィンを食べはじめたのです。

だしぬけに海中が引っかき回され、海のオーケストラ号は持ち上げられて、引っくり返りました。海草はみだれた髪《かみ》のように、海の底におしつけられました。海の水は、ふろのせんをぬいたようにごうごう音を立てました。

わたしたちは、あっちへこっちへと放り出されました。戸だなが開いて食器が転がりだ

し、オートミールや、セモリナ粉、米、大麦が、みんなごっちゃにこぼれだしました。ミムラの子どもたちの長ぐつや、おばけの編《あ》みかけのくつしたや、ヨクサルのたばこの缶《かん》も引っくり返って、もうめちゃめちゃです。

暗い海から、しっぽの毛が逆立《さかだ》つような、おそろしいほえ声が聞こえました。

そのあとは、ひっそりしました。不気味な静けさです。

「わたし、飛ぶのは好きだけれど、もぐるのは正直のところきらいだわ。子どもたちは何人残っているだろうね。おねえちゃん、数えてくれる?」

ミムラがいいました。

しかし、ミムラのむすめが数えだそうと

したとたん、ものすごい声が聞こえてきました。

「やいおまえら、ここにいたんだな、いまいましいミジンコども。ここで会ったが百年め。海の底ならかくれおおせるとでも思っているんだろうが、そうはいかんぞ！　おれさまにあいさつなしで逃《に》げるとは、けしからんじゃないか」

「これはいったい、だれなのよ」

と、ママミムラがいいました。

「三回であててごらん」

ヨクサルが、にたにたしながらいいました。

フレドリクソンは、あかりをつけました。すると竜《りゅう》のエドワードが、水の中に頭をつっこんで、窓《まど》からこちらをのぞきこんでいるのでした。

わたしたちはできるだけなにごともなかったような顔をして、見返しました。うみいぬがばらばらになってただよっていました。しっぽの切れはしや、ひげの一部は、まだ見わけがつきましたが、あとはもうジャムみたいになっています。竜のエドワードが、ふみつぶしてしまったのです。

「エドワードか？　ありがとう」

と、フレドリクソンがいいました。

「この恩《おん》はけっしてわすれないよ。いよいよというときに、助けてくれたんだもんな！」

わたしもさけびました。

「子どもたち、おじさんにキスしておあげ」

ミムラは感動して泣きだしましたが、竜《りゅう》のエドワードはいいました。

「ばかをいうな！　子どもたちを出しちゃいかんぞ。おれの耳の中に入りこまれたらたまらんからな。おまえらはどうも、どんどんひどくなってるぞ。今に食べる値打《ねう》ちもなくなるんじゃないか。おれはおまえらを探《さが》しだすのに、足の指がすりへりそうになったんだ。それなのにおまえらは、またおれをごまかして、すりぬけようというんだろう」

「きみは、うみいぬをふみころしてくれたんだよ！」

と、ヨクサルがさけびました。

「なんだって！」

竜のエドワードは、飛び上がりました。

「おれはまた、だれかをふみころしてしまったのか。だけど、わざとじゃないぞ、ほんとに。今は葬式《そうしき》を出す金もないんだ」

それからエドワードは、急に怒《おこ》りだしてどなりました。

「だいいち、おまえらがおいぼれ犬をおれの足元にじゃれつかせるからいけないんだ。おまえらがわるいんだぞ」

そういうと竜《りゅう》のエドワードは、ふきげんに海の中を歩いていきましたが、しばらくすると、ふりむいてどなりました。

「明日の朝、コーヒーを飲みに行くからな。そのときは、うんとこく入れてくれよな」

そのときふいに、またあたらしいことが起こりました。海底全体が光りだしたのです。

「こんどはあたいたち、燃《も》えちまうわよ」

と、ちびのミイがいいました。

何百万、何千万という魚たちが四方八方から泳いできて、みんな、あかりをつけていたのです。ランプ、懐中電灯《かいちゅうでんとう》、航海灯、カンテラ、電球、アセチレン灯など、さまざまなあかりでした。両耳にかざりのついた電灯をつけているのもいました。みんなはうれしそうに、感《かん》謝《しゃ》のダンスをおどりました。

それまで陰気《いんき》だった海は、虹《にじ》のように輝《かがや》きだしました。海底は青々とした芝生《しばふ》のようで、その上に紫《むらさき》や赤や黄色のイソギンチャクの花が咲《さ》きみだれ、ウミヘビたちはよろこびのあまり、逆立《さかだ》ちをしていました。

わたしたちの帰り道は、ほこらしさにあふれていました。船は海を自由自在《じゆうじざい》にかけめぐり、窓《まど》の外できらめく光は、海あかりか星あかりかわからないほどでした。

朝が近づいてきて、わたしたちはやっと、王さまの島めざして舵《かじ》を切りました。そのときは、みんながもう眠《ねむ》くて眠くて、ぐったりしていました。

8章

ロッドユールの結婚式《けっこんしき》のようすを述《の》べ、劇的《げきてき》なムーミンママとの出会いにもふれて、最後に、わたしの思い出の記の意味深長な結びのことばを書《か》き記《しる》します。

海岸から十海里のところで、SOS《エスオーエス》の信号をかかげている小船が、目に入りました。わたしは、おどろきました。

「あれは王さまだぞ。こんなに朝早く、革命《かくめい》が起こるなんてことがあるだろうか」

（王国の人たちが、そんなことするはずはなかったのですが）

「革命だって？　ぼくの甥《おい》っ子《こ》になにか起こらなければいいが……」

フレドリクソンは、そういってフルスピードを出しました。

「どうしたのですか」

わたしたちが、小船のわきでブレーキをかけて止まったとき、ミムラが大きな声で話しかけました。

王さまは、どなりました。

「どうしたって？　どうもこうもないさ。もう、めちゃくちゃじゃ。おまえらはすぐさま、うちへ帰らにゃいかんぞ」

「わすれられた骨《ほね》が、やっと復讐《ふくしゅう》をやらかすのだね」

おばけは、期待するようにたずねました。

「そもそもおまえらのかわいいロッドユールが決めたことから、こうなったんじゃ」

と、王さまはふうふういいながら、おつきのものをつれて船へ上がってきました。

「（さあ、小船の始末をだれかしろ）わしがじきじきに、おまえらの後を追いかけてきたんじゃ。なにしろ、わしの国民どもはぜんぜん信用するわけにいかんのでな」

王さまがおつきのものたちに指示しながら話しはじめたとたん、ヨクサルがさけびました。

「ロッドユールが、ですか？」

「うむ、そのとおり、ロッドユールじゃ。わしらは結婚式《けっこんしき》が大好きだ。しかし、七千びきのニブリングと怒《おこ》りんぼうのおばさんを、わしの王国へ入れるわけにはいかぬからな」

「だれが結婚《けっこん》するんですって？」

ママミムラが興味《きょうみ》しんしんで聞くと、王さまは答えました。

「今いったろ。ロッドユールじゃよ」

「まさか」

といったのは、フレドリクソンでした。

「そうじゃ、そうじゃ、そうじゃよ。今すぐ結婚するんじゃ。ソースユールとな（ほれ、スピードをもっと上げんか）」

王さまは、いらいらして答えました。

「ふたりはひと目で好きになってしまい、ボタンの交換《こうかん》をしたり、散歩したりして、じゃまするやつもおらんし、ふぬけになりっぱなしよ。それで今、おばさんと——おばさんは食べられちまったらしいのだが——七千びきのニブリングに電報《でんぽう》を打って、結婚式にみんなを招《しょう》待《たい》したわけだ。もしやつらに国中を掘《ほ》り返《かえ》させないですむものなら、わしはこの王冠《おうかん》だって食べてみせるさ。——だれかわしに、ぶどう酒を一ぱいくれんか」

わたしは、王さまにグラスをわたしながら、あわてて聞きました。

「ふたりが、ヘムレンおばさんを招待するなんてことが、ありうるでしょうか」

「うんうん、ところがそうらしいんだ。鼻が半欠けの、怒《おこ》りんぼうのおばさんだそうだな。

わしはびっくりごとは大好きだが、好きなのは人をびっくりさせるほうなんじゃよ」

その間に、船は岸に近づきました。

岬《みさき》のはしではロッドユールが、ソースユールをつれて立って待っていました。海のオーケストラ号がつくと、フレドリクソンはそこで、こちらに見とれていた国民たちに向かってロープを投げながら、口を開きました。

「それで？」

「ごめん、ぼく結婚《けっこん》したよ」

と、ロッドユールがいいました。

「あたしとよ」

ソースユールは小さな声でこういって、おじぎをしました。

王さまは、すぐに文句《もんく》をつけました。

「だがな、わしは午後まで待てといったじゃないか。これじゃ、盛大《せいだい》な披露宴《ひろうえん》はしてやれないぞ」

「ごめんなさい。でもぼくたちは、もうこれ以上待てなかったの。たがいにこんなにも愛しあっているのですから」

「これはこれは」

と、ミムラはすすり泣きながら船のわたり板をかけ下りてきて、いいました。

「おめでとう。なんと愛らしいソースユールだこと。子どもたち、おめでとうをいってらっしゃい。ふたりは結婚《けっこん》したのよ！」

「すっかり浮《う》かれちゃってるわね」

と、ちびのミイはいいました。


ここでスニフが急に立ち上がって、「ストップ！」といったので、ムーミンパパの朗読《ろうどく》は、腰《こし》を折られました。

「せっかくパパが、若《わか》いときの話を読んでくれているのに」

と、ムーミントロールがとがめるようにいうと、スニフは思いがけないほどいばっていいました。

「ぼくのパパの若《わか》いときのこともだよ。ロッドユールの話は、もうじゅうぶんに聞いたよ。だけど、ソースユールについては、今までひとこともしゃべってないじゃないか……」

「あの子のことはわすれていたんだ。今、初めて登場させるんだ……」

と、ムーミンパパは、ばつがわるそうにいいました。

「ぼくのママのことをわすれたって！」

スニフがさけぶと、寝室《しんしつ》へ通じるドアが開いて、ムーミンママがのぞきこみました。

「まだみんな起きてるの？　だれかが『ママ！』ってどなったと思ったけど――」

「ぼくだよ」

と、スニフはいって、ベッドから飛び出しました。

「考えてもみてよ。今までパパ、パパって、ぼくのパパのことはさんざん聞かされた。そしたら急に、なんの前ぶれもなく、ママがいたことを知らされたんだよ」

「だけどね、ママがいるのはあたりまえでしょう」

と、ムーミンママはびっくりしていいました。

「わたしの知ってるかぎり、あなたのママは、立派《りっぱ》なボタンのコレクションを作った、しあわせな人だったのよ」

スニフはムーミンパパをきつくにらんでから、つぶやきました。

「そうかなあ」

そこで、パパが説明しました。

「すごいボタンのコレクションだったよ。石や巻《ま》き貝《がい》、ガラス真珠《しんじゅ》のね。たいしたものだったね」

スニフは、もの思いに沈《しず》みました。

すると、スナフキンが聞きました。

「ママっていえば、あのミムラってどんな人だったの。ぼくにもママだったんでしょ」

ムーミンパパはいいました。

「そうさ。おまけに、とってもいい人だったよ」

「そうすると、ちびのミイはぼくの親類になるのか」

と、スナフキンはおどろきの声をあげました。

「そうそう、そういうことだ」

こういってから、ムーミンパパはつづけました。

「だけど、おまえたち、わたしの話の腰《こし》を折らないでおくれ。とにかくこれは思い出の記であって、親類しらべではないんだから」

「パパは、先をつづけていいんだろ」

ムーミントロールが問いかけると、スニフとスナフキンが答えました。

「いいともさ」

「ありがとう！」

と、ムーミンパパはほっとしたようにいって、話をつづけました。


一日中、ロッドユールとソースユールは、いろんな結婚祝《けっこんいわ》いをもらいました。とうとう、コーヒー缶《かん》はいっぱいになり、ボタンだの石だの巻《ま》き貝《がい》だの、戸だなの取っ手だの、そのほか、数えるのがいやになるほどたくさんのものが、山と積まれました。

ロッドユールはその上にすわって、ソースユールの手を取り、よろこびにわれをわすれていいました。

「結婚するって、なんてたのしいことだろう」

「そうだろうね」

フレドリクソンはこう、つづけました。

「でもねえ、きみたちはどうしてもヘムレンおばさんを、招待《しょうたい》しなければならないのかい。それにニブリングたちも？」

「ごめん、でも、案内が行かなかったら、あの人たちきっと、気をわるくするだろうと思ってさ」

と、ロッドユールはいいました。

「そりゃね――でも、おばさんだよ、あのおばさんなんだよ！」

と、わたしはどなりました。

ロッドユールは、正直に答えました。

「あのね、本当はぼく、ヘムレンおばさんが、そうたいしてなつかしいわけじゃないんだよ。だけども、ごめん、ぼく、気がとがめているんだ。だれかがあの人を食べてくれればいいのにといいのったのは、ぼくだったから」

「ふん、なるほど。理由はあるんだな」

と、フレドリクソンはいいました。


貨物船がつく時刻《じこく》には、岬《みさき》も丘《おか》も海岸も、王国の人たちでいっぱいでした。王さまは、いちばん高い丘の上の玉座《ぎょくざ》について、あとはヘムル自由楽団に合図をあたえればいいだけに、用意がととのっていました。

ロッドユールとソースユールは、結婚式用《けっこんしきよう》にしつらえたスワン形のボートに乗りこみました。

みんなはヘムレンおばさんのうわさでいらいらして、落ちつけませんでした。おばさんの評判《ひょうばん》が、国中に広まっていたからです。そのうえ、ニブリングが地面を掘《ほ》って、地下に国づくりをしないか、森を食べつくしはしないかと、それも心配でした。このことを、のんびりとボタンの交換《こうかん》をしている新婚《しんこん》のふたりに話す勇気のあるものは、だれもいませんでしたけど。

「ヘムレンおばさんを、リンか、やに糸かなんかでおどかして、追っぱらうことができないかな?」

すわりこんで、ソースユールにあげるポットカバーに骸骨《がいこつ》を刺繍《ししゅう》しながら、おばけがいいました。

「だめだね、それはだめだね」

わたしが暗い気持ちでいうと、ヨクサルはこう予言しました。

「おばさんは、きっとまた、知育遊びとやらを始めるつもりで来るぜ。冬になったら、ぼくらの冬眠《とうみん》をじゃまして、無理やりにスキーをさせるに決まっているな」

「スキーってなあに?」

と、ミムラのむすめが聞くので、フレドリクソンが答えました。

「雪がふったところを、ずるずるすべるんだ」

「まあ、なんてこと。ぞっとするわ」

と、ミムラは大声をあげ、

「あたいたち、もうじき死んじゃうのよ」

と、ちびのミイはいいました。

ちょうどそのとき、群衆《ぐんしゅう》の間に、ざわめきが起こりました。貨物船が近づいてきたのです。

ヘムル自由楽団は、いそいで賛美歌《さんびか》「われらおろかな国民《こくみん》をまもれ」を演奏《えんそう》しはじめ、新《しん》婚《こん》スワンボートは、港からこぎ出しました。

ミムラの子どものうち何人かは、あんまりさわいで海に落ちました。霧笛《むてき》が鳴り、ヨクサルは落ちつきを失って逃《に》げだしました。

そのとき初めて、わたしたちは貨物船がからっぽなのを発見して、これは七千びきのニブリングが、乗れなかったせいだと考えました。浜辺《はまべ》には、安心と落胆《らくたん》のまざりあった声があがりました。

小さなニブリングがたった一ぴき、いそいで浜へこぎかえる新婚スワンボートに、飛びうつりました。

「どうしたんだ、ニブリングがたった一ぴきとは！」

と、王さまはもうじっとしてはいられなくなり、玉座《ぎょくざ》をはなれると海岸へ下りてきて、たずねました。

「あれは、ぼくたちの顔なじみのニブリングなんです。それに、とっても大きなつつみを抱《かか》えてますよ！」

と、わたしはいいました。

「じゃ、つまりおばさんは、食べられてしまったんだな」

フレドリクソンがいいました。

王さまは、ラッパを鳴らしてさけびました。

「静かにせい、静かに、静かに。ニブリングのために道をあけろ。あれは大使閣下《かっか》だぞ」

群衆《ぐんしゅう》はわきへより、新郎新婦《しんろうしんぷ》とニブリングのために道をあけました。三人ははずかしそうにわたしたちのほうへ歩いてきました。ニブリングが地面に置いたつつみのはじはちょっとばかりかじられていましたが、そのほかはちゃんとしていました。

「それで？」

と、王さまはいいました。

「ヘムレンおばさんからよろしくって……」

ニブリングはいって、晴れ着のポケットの中を引っかき回しました。

みんなは、がまんできずにぴょこぴょこと飛び上がりました。

「いそいで、いそいで」

王さまはどなりました。

やっと、ニブリングはしわくちゃの手紙を取り出して説明しました。

「ヘムレンおばさんが、ぼくにつづりを教えてくれましたんです。ぼくは、字をほとんどぜんぶおぼえましたけど。でも、し、は、ぬ、れ、ろ、を似《に》てる文字とよくまちがえちゃうんですけど。これは、おばさんが話したのを、ぼくが書きとったものです。おばさんは、こういっています」

ニブリングは息をついてから、たどたどしく読みはじめました。

あいすろこどもたちへ
たいへんざんれんであり、またすまないとおもいます。また、わたじがつとぬをほたさないのほはんとうにもうじわけないことです。そのおわびのつもりで、このてがみをかきつづります。
わたじほどうじても、あなたがたのけっこんじきにじゅっせきできませんの。このじつねいをおゆろじください。

はんとのほなじ、わたじはあなたがたがわたじをなつかじんでくださろのだとうめばれて、こころからうねじくかんじております。それに、ロッドユールがけっこんのけっじんをじたときいて、かんげきのあまり、なみだがあふねでまじた。

あいすろこどもたち！　わたじはあなたがたにおねいのいいようがないのですよ。まずだいいちに、わたじがモランにたべらねろところを、あなたがたほたすけてくねまじた。つぎに、すばらじいニブリングたちに、わたじをじょうかいじてくねまじた。

ありのままのことをいうのがぎむだとおもいますからいいますが、わたじほ、ニブリングたちとはんとうにたのじくくらじていろんですよ。だいじなけっこんひろうえんにいくたぬにさえ、うちがほなねらねないはどたのじいのです。わたじたちはいちにちじゅう、ちいくあそびをじています。そじて、ゆきのなかでげんきにスポーツをすろ、けんこうなふゆのくろのをたのじみにじていろところなんです。

あなたがたをあんまりがっかりさせないたぬに、わたじはこうかなけっこんプレゼントをおおくりいたじます。こねがすえながくロッドユールのコーヒーかんをかざろよう、いのりつつ。

六せん九ひゃく九十九ひきのニブリングから、よるじくとのことです。
かんじゃをこぬて　ヘムレンおば

丘《おか》の上は、しいんとなりました。

「じつねいってなんのことだい？」

わたしが聞くと、

「失礼、だよ。あたりまえじゃないか」

とニブリングが答えました。

そっと、フレドリクソンもたずねました。

「きみは、知育遊びは好きかい？」

「とても好きだよ」

ニブリングはいいました。

わたしはぺったりとすわりこんだまま、なんといっていいかわかりませんでした。

「お願い、つつみを開けておくれよ！」

と、ロッドユールが声をあげました。

ニブリングがおごそかにひもをかみ切ると、ニブリングの女王さまのかっこうをしたヘムレンおばさんの実物大の写真が出てきました。

「おばさんの鼻がまだついてる。ああ、よかった。うれしいなあ」

ロッドユールがさけびました。

「あなた、がくぶちをごらんなさいな」

と、ソースユールがいいました。

みんながくぶちを見て、「あっ」とさけびました。それは、スペイン純金《じゅんきん》でできていて、トパーズとペリドットで作られたバラの花が、四すみについていました。

写真をかこんで、ぐるりと小さなダイヤがならんでいました。後ろ側には、ふつうのトルコ石がはめてありました。

「この石は、はずせるのかしら」

ソースユールがたずねました。

「はずせるとも。結婚祝《けっこんいわ》いの中に、キリはなかったたっけ？」

ロッドユールがいきおいよくいいました。

ちょうどそのとき、海岸でおそろしい声がしました。

「やい、ここで会ったが百年めだぞ。おれはここで、朝のコーヒーを待って待って待ちくたびれたわい。おまえらのだれひとり、年よりのエドワードのことを思い出してくれるような、親切な気持ちのあるものはいないんだな」

ムーミンパパが、ロッドユールの結婚式《けっこんしき》のところを読んで、二、三日たったある日、家族みんなで、ベランダにすわっていました。

九月末の、嵐《あらし》のような夕方でした。ムーミンママは、みんなのために、シロップパンとラム酒のトディを用意しました。家族はみんな、大きなお祝いごとのときだけの、とっておきのおめかしをしていました。

「さあ、あなた」

ムーミンママがわくわくしながらいいました。

「今日、『思い出の記』が完成した。最後の一語を書いたのは、六時四十五分だった。それが最後だという意味は――そう、おまえたちが好きに取ったらいいよ」

パパは太い声でいいました。

「おじさん、ニョロニョロといっしょにした、わるいくらしというのについては、なんにも書いてないの?」

と、スニフが聞きました。

「ないよ。なにしろ、これは教育上、ためになる本なんだからね。わかるだろ」

ムーミンパパは答えました。

「だからか」

「しいっ、しいっ、しいっ。ところで、もうそろそろ、わたしがあらわれるんじゃない？」

こういってムーミンママは、顔を赤らめました。

ムーミンパパは、グラスのお酒をたっぷり三口飲んでからいいました。

「まさにそのとおりさ。よく聞くんだよ、わがむすこ。いちばんおしまいのところは、わたしがどういうふうにしておまえのママを見つけたか、それを述《の》べているんだよ」

こういってパパは、ノートを開いて読みだしたのです。


秋になって、大つぶの雨がふりだし、霧《きり》が王さまの島をつつんだまま、晴れませんでした。わたしは、海のオーケストラ号のあの輝《かがや》かしい試験飛行と潜水《せんすい》は、わたしたちが世界へ出ていく大旅行のほんのはじめにすぎないと信じきっていました。けれども、そうではなくて、あれが絶頂《ぜっちょう》――あとのつづかないクライマックスだったのです。

ロッドユールの結婚式《けっこんしき》がおわり、フレドリクソンは家へ帰るなり、発明品の改良に取りかかりました。やりなおしをしてみたり、作りたしてみたり、つけてみたりはずしてみたり、みがいたりぬったりで、どこまでもきりがありません。しまいに海のオーケストラ号は、客間のようなものになってしまいました。

ときどきフレドリクソンは、王さまや、あたらしい自由の村の人たちといっしょに、遊びにも行きました。でも、夕飯どきにはいつもうちへ帰ってきました。

わたしには、まだあこがれがありました。わたしを待っているはずの大きな世界へのあこがれに、ずっとこだわっていたのです。しかし、雨はだんだんひどくなるし、同時に、潜水《せんすい》するときの舵《かじ》とか、照明とか、クランク箱のふたとか、そのほかいろいろと整備《せいび》しなければならないものや、変えたほうがいいことが、なにかしらありました。

そのうちに、大嵐《おおあらし》がやってきました。ミムラの家は吹《ふ》き飛《と》ばされ、外で寝《ね》ていたミムラのむすめはかぜをひき、ロッドユールのコーヒー缶《かん》には、雨が吹きこみました。上等のタイルストーブのある、ちゃんとした家に住んでいたのは、わたしだけでした。

こういうときは、どうすればいいのでしょうか。いうまでもなく、まもなくみんなは、わたしの家に住むようになったのです。

操舵室《そうだしつ》の中に家族がふえてみると、わたしはよけいに孤独《こどく》を感じるようになりました。

友だちが村を出て結婚《けっこん》したり、または王室づきの発明家になったりするのが、どんなに危《き》険《けん》なことか、わたしにはうまく説明しきれません。みんな自由気ままな冒険《ぼうけん》仲間で、たいくつになると、世界地図の上のどんなところへだって、気の向くままに飛び出していくようなものたちだったのに、とつぜん、そんなことはもうどうでもいいや、となってしまったのです。

ただ天気があたたかければよくて、雨をいやがりました。旅行かばんに入りきらないような大きなものを集めだして、話すことといったら、小さなつまらないことばかりなのです。おまけに、急にものごとが決まるのをおそれて、わざと反対したりします。元は、船をあやつって海を走り回ったものたちが、今は食器をのせるたなを作ったりしています。ああ、こんなことを、だれが涙《なみだ》なしに話せましょう。

いちばんこまったのは、そういうくらし方が、わたしにもうつってしまったことでした。わたしは、タイルストーブのそばにみんなといるのが、たのしくさえなりました。そうなればなるほど、海ワシのように自由にいさましく飛び回るのが、おぼつかなくなっていったのです。

愛する読者のみなさん、わたしの気持ちをわかってくれるでしょうか。はじめのうちは、たとえ閉《と》じこめられていても、外のことを気にしていたのですが、しまいにはなんにも考えなくなってしまいました。

嵐《あらし》はなおやまず、雨もふりつづいていました。

わたしがこれから話そうとするこの夜は、とくにひどい天気でした。屋根はガタガタと鳴り、南西の風はときどきえんとつのけむりを吹《ふ》きもどし、雨はベランダの上に小さなかけ足でふりそそぎました（わたしは船長ブリッジをベランダに改造《かいぞう》して、手すりには、松ぼっくりをほりました）。

「ママ、本を読んでよ」

ミムラの子どもたちが、ベッドの中からミムラにいいました。

「いいわよ。どこまでだったかしらね」

「パトロールのおまわりさん――ツイッグスが――そっと――そばへ――しのびよりました」

と、子どもたちはさけびました。

「そうそう、そうだったわね。パトロールのおまわりさん、ツイッグスが、そっとそばへしのびよりました。向こうのほうで光ったのは、ピストルだったのでしょうか。氷のような冷静な決心で、ツイッグスは、復讐《ふくしゅう》の正義心《せいぎしん》にこりかたまった、歩みを進めました。そして、一度立ち止まってから、また前へしのびより……」

わたしは、ミムラの話にぼんやりと聞きいっていました。それは、もう何度も聞いたものでした。

「いいお話だなあ！」

と、おばけがいいました。おばけは手さげの取っ手カバーに刺繍《ししゅう》をしているところでしたが（黒いフランネルに骨《ほね》の十字でした）、片目《かため》は時計を見ていました。

ロッドユールは、暖炉《だんろ》の火の前にすわり、ソースユールの手をにぎっていました。ヨクサルはトランプでひとり遊びをしていましたし、フレドリクソンは腹《はら》ばいになって、『大航海』の絵本をながめていました。なんの心配もない、居心地《いごこち》のよい家庭的なふんいきでした。ところが、それを見れば見るほど、わたしは気が落ちつかなくなって、足がむずむずしてくるのでした。

ときおり、暗い窓《まど》ガラスが波のしぶきに洗《あら》われ、ガタガタ鳴りました。

「こんな晩《ばん》に海にいようもんなら……」

わたしはぼんやりといいました。

「風力8かな。それ以上じゃあるまいよ！」

と、フレドリクソンはいいすてて、絵本の波に見入りました。

「ぼく、外へ出て、ちょっと天気を見てくるよ」

と、わたしはつぶやいて、風下のドアを開け、ふらふらと出ていきました。一瞬《いっしゅん》、じっと立ち止まって耳をすましました。

まわりの暗闇《くらやみ》は、おどしつけるようにくだける波の音で、いっぱいでした。わたしは海に向かって息を吸《す》いこみ、それから耳を後ろのほうにつけて、風上へ向かいました。嵐《あらし》がうなり声をあげておそいかかってきたので、わたしは目をつぶりました。こんな秋の夜には、とかくいまわしいものが出てきがちです。そんなものを見たくなかったですし、考えるのもいやでした……。

ぜんぜんなんにも考えないでいるときがあるものですが、このときのわたしはそうでした。ただわかっていたのです。波がくだけている海岸へ、下りていかなければならないということを。それは魔法《まほう》の感覚ともいうべきもので、その後のわたしの一生のうちでも、たびたびそういうことがあって、そのたびにおどろくべき結果を生んだものでした。

月が夜の雲間から出ると、ぬれた砂《すな》は金のように光りました。波は、一列にならんだ白い竜《りゅう》のように、ほえながら岸に向かっておそってきて、つめをのばしてわたしの頭より高くのぼっていき、砂浜《すなはま》へくだけ落ちていきます。それから闇の中へ音を立てて引いていき、また、もどってくるのでした。

思い出すだけで、胸《むね》がいっぱいになります。

海が、ムーミンママをわたしたちの島へ投げてよこした意味深長なその夜、暗さや寒さ――それはムーミンがいちばん苦手なのですが――をものともせず、わたしを海岸に下りて

いかせたものは、いったい、なんだったのでしょうね。ああ、自由とはなんとすばらしいものでしょう。

　ママは、一枚《まい》の板きれにつかまって、波に流されただよってきたのでしたが、入《い》り江《え》にボールのように浮《う》いているかと思うと、つぎの波で、また海へ引きもどされるのでした。

　わたしは、水の中へ飛び出していって、声をかぎりにどなりました。

「ぼくが助けに来たぞ！」

　ママは、またこっちへもどってきました。板きれをはなしてしまい、足を上に向けたまま浮《う》きつ沈《しず》みつ流されていたのです。

まばたきするより速く、まっ黒な水の壁《かべ》が、こちらに近づいてくるのが見えました。わたしはその遭難者《そうなんしゃ》をしっかりとつかみましたが、その瞬間《しゅんかん》、わきたつ波の中にまきこまれてたおれました。

奇跡的《きせきてき》な力でもって、わたしは足をしっかりと、砂地《すなじ》にふんばりました。そうやって、浜《はま》辺《べ》へ向かってはっていく間、飢《う》えきった波は、わたしのしっぽをつかもうとしました。わたしはよろめいたり、もがいたり、たたかったりして、やっと浜辺にこの美しい荷物を置くことができました。残酷《ざんこく》で乱暴《らんぼう》な波のとどかない、安全な浜辺にです。

おお、それはヘムレンおばさんを助けたのとは、大ちがいでした。助けたのは、わたしとそっくりの、ひとりのムーミン――わたしよりずっと美しい、かわいい女のムーミンだったのです。

彼女《かのじょ》は立ち上がるなり、さけびました。

「ハンドバッグを助けて。ハンドバッグを助けて」

「きみがちゃんと持ってるよ」

わたしがいうと、

「あら、あったわ。うれしい……」

と、声をはずませて、大きな黒いハンドバッグを開け、中をかき回し、なにかを探《さが》しはじめました。そのうちに、やっとコンパクトを取り出しましたが、かなしそうにいいました。

「海でおしろいが、だいなしになっちゃったわ」

「だけど、そのままだってきみはきれいだよ」

と、わたしは保証《ほしょう》しました。するとその子は、いいようもない目つきでわたしを見上げて、まっ赤になったではありませんか。


さて、ここで結びといたしましょう。

波乱《はらん》の多かったわたしの青春の、これは大きなまがり角ですものね。思い出の記は、おしまいにさせてください。ムーミンの中でも、いちばんかわいい子が、わたしの生活の中に入ってきたこのへんで。

それからあとは、彼女のやさしく、理解《りかい》ある目に見守られて、わたしのおろかなふるまいは、正しい観察力や良識《りょうしき》に変わっていきました。一方、無鉄砲《むてっぽう》で自由な勇気は、わたしからなくなっていきましたが、わたしが書いておきたかったのは、本当はそういうものだったのですよ。

これらのできごとが起こったのは、とんでもなく遠いむかしです。けれども、今あらためて思い出をよみがえらせていると、そんなことがもう一度、まったくべつな形で起こるような気がしてきます。

わたしはここで、思い出の記のペンを置きますが、冒険《ぼうけん》のすばらしい時代がこれでおしまいだとは、どうしても信じられないのです。それでは、かなしすぎますものね。

ムーミンたるものには、めいめいでわたしの経験《けいけん》、わたしの勇気、わたしの知恵《ちえ》、わたしの徳《とく》を、できることならわたしのばかさかげんもいっしょに、学びとってもらいたいものです。こういう人物の経験から学ぼうとつとめることが、いちばんいいのです。さもないと、はつらつとしてすぐれたムーミンになるために、一度は波乱《はらん》にとんだ苦しい体験で、自分をきたえなければならないことでしょう。

これで、思い出の記はおわりますが、
つぎに大切なエピローグがつづきます。
ページをめくってください！

エピローグ

M

ムーミンパパは、思い出の記を書いていたペンを、ベランダのテーブルの上に置いて、静かに家族たちを見わたしました。

「おめでとう」

と、ムーミンママは感激《かんげき》していいました。

「おめでとう、パパ。さあ、パパは有名になるよ」

ムーミントロールも口を開きました。

「なにをいうんだ」

パパはびくっとしました。

「みんながこの本を読んだら、パパは有名な人だと信じるだろうな」

ムーミントロールはきっぱりといいました。

著者《ちょしゃ》は耳を動かして、うれしそうです。

「たぶんね」

「だけど、それからあとはどうなったのさ?」

スニフがわめきたてました。

「ああ、それからがね……」

と、ムーミンパパはいって、家も家族も、庭もムーミン谷も、そのほか青春時代につながるものすべてを大きく抱《だ》きかかえて、つつみこむような身ぶりをしました。

「子どもたち、そこからが始まりなのよ」

と、ムーミンママがはにかみながらいいました。

急に吹《ふ》いてきた風が、ベランダをガタガタいわせました。雨がどんどん強まってきました。

「もし、こんな晩《ばん》に海にいたら……」

ムーミンパパは、ぼんやりとつぶやきました。

「でも、ぼくのパパはどうしたのさ。ヨクサルのことだよ。あの人はどうなったの？　それにママだってさ」

と、スナフキンがいいました。するとスニフもいいだしました。

「それからロッドユールだ。ぼくのたったひとりしかいないパパなのに、いなくなっちゃったの？　あの人のボタンのコレクションのこと

や、ソースユールの話を、ちっともしないじゃない」

ベランダの上は、しいんとしました。

ちょうどそのとき、本当にふしぎなことに、この物語にはぜったい必要な瞬間《しゅんかん》なのですが、だれかがドアをノックしました。短く、強く、三回のノック。

ムーミンパパは、いすから飛び上がってどなりました。

「だれだ！」

すると、低い声が答えました。

「開けてくれ、外は雨で寒いんだ」

ムーミンパパは、ドアを大きく開けると、

「フレドリクソンじゃないか！」

とさけびました。

ベランダへ入ってきたフレドリクソンは、ぶるっと雨のしずくをふるい落としていいました。

「ここを見つけるのにゃ、少しばかり時間がかかったぜ。やあやあ」

ムーミンパパは、有頂天《うちょうてん》になってさけびました。

「きみは、ちっとも変わってないね。おお、こんなしあわせなことって。ああ、うれしくてたまらないよ!」

　そのとき、小さな力のない声が、聞こえてきました。

「こんな運命の晩《ばん》には、わすれられた骨《ほね》が、海岸でいつもよりもよけいにガラガラと鳴っているよ!」

　こういって、フレドリクソンのリュックサックから、おばけがそのすがたをあらわし、にたにた笑いながら、はい出してきました。

「まあ、ようこそ。ラム酒のトディをめしあがりますか?」

ムーミンママがいいました。

「ありがとう、わたしに一ぱい。おばけに一ぱい。それから外にいる連中にも、何ばいかを、あげてください」

と、フレドリクソンがいいました。

「ほかにもいるのかね」

ムーミンパパはたずねました。

「いるとも。パパやママたちがね。だけど、あいつらはちっとばかりはずかしがりやなんだよ」

こういって、フレドリクソンは笑いました。

これを聞いて、スニフとスナフキンは雨の中へ飛び出していきました。そこにはふたりの親たちが、寒さにふるえて立っていました。こんなに長いこと、会いに来なかったのを、気にしていたのです。ロッドユールは、ソースユールの手を引いていました。そしてふたりとも、ボタンのコレクションを入れた、大きなかばんを持っていましたっけ。

ヨクサルは、火の消えたパイプをくわえて、立っていました。ミムラは感激《かんげき》のあまり泣いていました。ミムラのむすめと、三十四人のミムラっ子たちと、それにちびのミイ（この子はちっとも大きくなっていませんでした）も立っています。

みんなが入ってきて、ベランダのゆかはぬけそうになりました。なんとも書きあらわしようのない夜でした。

山のような質問《しつもん》と、感激の声が飛びかい、みんな抱《だ》きあって、語りあかしました。ラム酒のトディが、ベランダでこんなにいっぱい飲まれたことは、今までありませんでした。

スニフのパパとママが、ボタンのコレクションの種類わけを始めて、その場で半分をスニフにやりますと、ミムラは落ちつかなくなって、子どもをみんな、クローゼットの中にかくしました。

フレドリクソンが、グラスを高く上げて、大きな声でいいました。

「お静かに。明日《あした》……」

「明日」

ムーミンパパは青年のように目をきらきらさせて、くり返しました。

フレドリクソンは、つづけました。

「明日《あした》からまた、冒険《ぼうけん》のつづきを始めようじゃないか！　もういちど海のオーケストラ号で飛ぼう。みんな、そろって！　パパたちも、ママたちも、子どもたちも」

「明日じゃなくて、今夜だい」

と、ムーミントロールがさけびました。

こうして霧《きり》深い夜明けに、みんなは庭にせいぞろいしました。東の空が、しだいに晴れてきました。太陽は今、のぼろうとしています。数分のうちに、夜はおわり、なにもかもが、また最初から始まるのです。

あらたな扉《とびら》の先には、おどろくような可能性《かのうせい》の世界が広がっています。だれにだって、あたらしい日が始まります。そう、ためらわなければ、どんなことでも起こりうるのです！

解説《かいせつ》「自由であること」

高橋静男《たかはししずお》
（フィンランド文学研究家）

ムーミン童話には、自由に生きる者が非常《ひじょう》に多く登場しています。

この本では、フレドリクソン、ミムラ、ロッドユール、そして少年時代のパパなどです。なかでも少年パパのばあいはかなりドラマチックです。不自由な生活に疑問《ぎもん》をいだき、冒険家《ぼうけんか》になろうとして「ムーミン捨《す》て子ホーム」を脱出《だっしゅつ》しています。

パパのこの行動は、若《わか》いときの作者ヤンソンさんにすこしばかり似《に》ているように思えます。絵の勉強をするために、ヤンソンさんは自分の国フィンランドを出て、ストックホルムやパリへ長い年月をかけて留学《りゅうがく》しました。好きなことをやりとげるために、パパもヤンソンさんも、別の世界へひとりで飛び出したわけです。

ムーミン童話のほかの作品にしばしば登場するスナフキンもまた、自由な生活をしています。秋の終わりごろにムーミン谷を去り、どこともしれない遠い南の国にむかって歩きつづけ、春の初めになるとムーミン谷へやってくるテント暮《ぐ》らしの旅人です。ムーミン童話の中で、もっとも気楽で自由な人物といってもよいでしょう。
またママ、ミイ、ムーミントロール、じゃこうねずみ、ヘムレンさん、おしゃまさん、スニフなども、ムーミン童話のあちこちで自由闊達《じゆうかったつ》に生きています。

こうした自由に生きている生きものには、ある共通点があります。みんな好きなことをもっていて、そのことにかなりのめりこみ、徹底《てってい》してやるということです。

少年パパは冒険《ぼうけん》に乗り出し、青年期までの長い年月を、冒険家の魂《たましい》を貫《つらぬ》き通《とお》して生きています。そして、発明家で冒険家のフレドリクソンという最良の友とムーミンママという最愛の妻《つま》にめぐりあっています。

ママが好きなことの一つに、ひとの世話をすることがあります。家族の世話ばかりでなく、家族の友人や、なんとなく住みついてしまう同居人《どうきょにん》、つまり、ムーミンやしきに住むすべての人々の世話をしています。そしてママの世話というのも、かなり徹底していま す。たとえば、真夜中に突然《とつぜん》の訪問者《ほうもんしゃ》がくれば、すぐに起きて、手早くちいさなパーティーを開き、歓迎《かんげい》の祝杯《しゅくはい》をあげたりするのです。そして客がそのままムーミンやしきに住みつくのも当然のことだと思っています。

スナフキンは、旅、作曲、作詞《さくし》、ハーモニカが好きです。かれはあの長い旅の間、ムーミンに贈《おく》る歌の作曲に夢中《むちゅう》になっています。歌の調べ、音の一つ一つを心ゆくまでさがし求める姿《すがた》は、まさに作曲家のようです。

ムーミントロールは冒険《ぼうけん》、ミイは人物の観察と批評《ひひょう》が好きで、ふたりが、その好きなことにのめりこむようすは、ムーミン童話全体にわたってくりひろげられています。

ムーミン童話に見られる自由とは、熱中し、夢中になり、徹底《てってい》しないではいられないくらい好きなことをしつづけられることを意味しています。この点もまた作者ヤンソンさんと似《に》ているように思われます。幼少《ようしょう》のころから好きだった絵を描《か》くことと文章を書くことを、七十六歳《さい》の今もなお精力的《せいりょくてき》につづけているのですから。

好きなことをもち、それに徹することで感激的《かんげきてき》な自由を獲得《かくとく》している人物の多くは、その自由におぼれたり甘《あま》んじたりすることはありません。たとえば、スナフキンは自由な作曲の旅の途中《とちゅう》で、「〜するべからず」という禁止《きんし》の立て札がいっぱい立っている公園にとじこめられている二十四人の子どもたちを助け出してしまいます。また、ムーミンは、彗《すい》星《せい》がまもなく地球に衝突《しょうとつ》するというので、みんなといっしょにどうくつに避難《ひなん》したときに、スニフがいないことがわかると、「スニフをさがしにいく」といい、ママは「これは、しなくちゃならないことよ」と述《の》べています。こうしてムーミンは、危険《きけん》なくらい熱くなっている外の世界へ飛び出していきます。また、この本の少年パパも、モランに食べられそうになっているへムレンおばさんを助けるために、海へ飛びこんでいきます。

このように、自由の感動を知る人々、つまり徹底《てってい》して自由に生きようとしている自由人ほど、他人に対してやさしくなれる人物として描《えが》かれています。

ここでも、作者ヤンソンさんとの共通点が見られます。ヤンソンさんのところへ毎年二千通の手紙がくるそうです。そのほとんどは、周囲の人々から孤立《こりつ》していて、さびしい思いを訴《うった》えてくる子どもからの便りだということです。そのため、ヤンソンさんは、どんなにいそがしくても返事を書かないではいられなくなってしまうと語っています。

ムーミン童話には、自由に生きられる者がより自由にはばたいて生きられる姿《すがた》、自由に生きられない者が自由を獲得《かくとく》して生きられる姿、そして、一見、奇妙《きみょう》にみえる生き方をしている者がそのままの自分で生きられる姿が、つぎつぎに描き出されています。まさに、ムーミン童話は〈自由の書〉といってよいかもしれません。

ヤンソンさんは、生きる者が自由に生きられるような世界を、ムーミン童話で提示《ていじ》しているように思われてなりません。

（一九九〇年のものを再録しました）

トーベ・ヤンソン

画家・作家。1914年8月9日フィンランドの首都ヘルシンキに生まれる。父は彫刻家、母は画家という芸術一家に育ち、15歳のころには、挿絵画家としての仕事をはじめた。雑誌「ガルム」の社会風刺画で一躍有名となる。ストックホルムとパリで絵を学び、1948年に出版した『たのしいムーミン一家』が世界中で評判に。1966年国際アンデルセン大賞、1984年フィンランド国家文学賞受賞。おもな作品に、「ムーミン全集」（全9巻）のほか、『少女ソフィアの夏』『彫刻家の娘』、絵本『それから どうなるの？』、コミックス『ムーミン』などがある。2001年6月逝去。

小野寺百合子（おのでら ゆりこ）

翻訳家。1906年、東京生まれ。東京女子高等師範学校附属高等女学校専攻科卒。公使館付武官の夫の赴任にともない、ラトビア、スウェーデンに長期滞在する。戦後はスウェーデン文化の普及に努め、1981年、スウェーデン国王から勲一等北極星女性勲章を受章。翻訳書は他に『ムーミンパパ海へいく』『エーミールと60ぴきのざりがに』(ともに講談社)など、著書に『バルト海のほとりにて』（共同通信社）などがある。1998年3月逝去。

この作品は『ムーミン童話全集③　ムーミンパパの思い出』
(1990年 講談社刊)を底本に改訂したものです

ムーミン全集《ぜんしゅう》［新版《しんぱん》］3　ムーミンパパの思《おも》い出《で》

2019年6月25日　第1刷発行
2025年6月16日　第8刷発行

著　者　トーベ・ヤンソン
訳　者　小《お》野《の》寺《でら》百《ゆ》合《り》子《こ》
翻訳編集　畑中麻紀
装　丁　坂川栄治＋鳴田小夜子（坂川事務所）
ＤＴＰ　脇田明日香
発行者　安永尚人
発行所　株式会社講談社
〒112-8001 東京都文京区音羽 2-12-21
電話　編集 03-5395-3535　販売 03-5395-3625　業務 03-5395-3615
印刷所　株式会社新藤慶昌堂
製本所　大口製本印刷株式会社

KODANSHA

N.D.C.993 266p 20cm ©Moomin Characters™ 2019 Printed in Japan　ISBN978-4-06-516073-2

トーベ・ヤンソン
ムーミン全集［新版］全9巻

1
『ムーミン谷の彗星』
下村隆一／訳

あと4日で地球滅亡……!?　衝突の危機がせまった彗星を調べるため、ムーミントロールはスニフと天文台へ。スナフキン、スノークのおじょうさんとの出会いも。

2
『たのしいムーミン一家』
山室　静／訳

魔法って、しあわせ？　ムーミンたちは、ある春の日に、魔物のぼうしをひろいます。ムーミントロールはおかしなすがたに変えられてしまって……。

3
『ムーミンパパの思い出』
小野寺百合子／訳

自由と冒険をもとめる、人生の賛歌。ムーミンパパは、みなし子ホームを抜け出し、個性的な仲間たちとともに旅に出ます。スナフキンとスニフの親も登場！

4
『ムーミン谷の夏まつり』
下村隆一／訳

ムーミン谷が洪水にみまわれ、流れてきた家にうつり住んだムーミン一家。それは劇場で、みんなはドタバタと芝居をすることになりますが!?

5

『ムーミン谷の冬』

見えるものだけが、すべてじゃない……。ムーミントロールは、冬眠中にひとり起きてしまいました。そこは、ひそやかな生きものたちが存在する世界でした。

山室 静／訳

6

『ムーミン谷の仲間たち』

心にしみる、9つの物語。冷たい言葉をいわれすぎ、すがたが見えなくなってしまったニンニや、スナフキンが名まえをあげたはい虫たちの、珠玉の短編集。

山室 静／訳

7

『ムーミンパパ海へいく』

この島は、なにかがおかしい……。ムーミンパパは灯台守になるといいだし、一家は小さな島へとうつり住みます。でも、まったく思いどおりにはならなくて……。

小野寺百合子／訳

8

『ムーミン谷の十一月』

ムーミン一家に会いたい。ミムラねえさん、スナフキンらが会いたかったムーミン一家は、家におらず、6人が勝手に奇妙な共同生活を始めます。

鈴木徹郎／訳

9

『小さなトロールと大きな洪水』

一度出版したきり長い間再版されなかった、幻の1作目。どこかへ行ってしまったパパと、冬ごもりのための家を探して、ママとムーミントロールが旅します。

冨原眞弓／訳

トーベ・ヤンソン

［新版］ムーミン絵本

それからどうなるの？

渡部 翠／訳

ムーミン谷のいたずらっ子ミイがゆくえ不明になり、ムーミンはミムラねえさんと探しに出かけます。穴の向こうの絵をヒントに、ゆかいな話が展開します。

さびしがりやのクニット

渡部 翠／訳

ひとりぼっちのクニットは友だちを探して旅に出ます。そして、ムーミン谷の人々にはげまされながら、最後にすてきな人に出会います。少年の魂の成長を温かく描いた絵本。

ムーミン谷へのふしぎな旅

渡部 翠／訳

わがままな女の子スサンナは、草原《くさはら》でひろったふしぎなめがねをかけてムーミン谷への旅に誘われていきます。北欧ムードたっぷりで美しい水彩画の幻想的な絵本。

トーベ・ヤンソン
トーベ・ヤンソンの本

彫刻家の娘

冨原眞弓／訳

彫刻家の父と画家の母からたぐいまれな才能を受けついだヤンソンの自伝的小説。芸術家魂は、たがいを尊重し信頼する家族関係によって築かれた。

少女ソフィアの夏　新版

渡部 翠／訳

人生の扉を開けたばかりのソフィアと、人生の出口にたたずむ祖母。70も年齢のちがうふたりがすごす、フィンランド多島海での短い夏の日々を丁寧に描く。香り高い短編集。